現代日本文學掃描

修訂版

林水福 著

鴻儒堂出版社發行

修訂版序

日本從明治維新開始，積極向西方學習，奠定日本近代化的深厚基礎。文學方面，近代從什麼時候開始，日本學界看法不一，以坪內逍遙《小說神髓》的一八八六年為始，是其中的一種看法。小說神髓的文學觀，打破近世「勸善懲惡」的文學觀，提倡寫實主義，是日本邁向近代文學的第一步。

日本近（現）代文學與平安文學是日本文學史上的兩個黃金時代。繼川端康成（一九六八）之後，大江健三郎於一九九四年獲諾貝爾文學獎，也說明了日本文學在世界文壇的地位與角色。

造成日本近現代文學的蓬勃發展，因素非一。

其中，非常重要的因素之一是向西方先進國家學習——透過直接閱讀原文或翻譯的途徑；換句話說，初期的評介、翻譯扮演了相當重要的角色，也造成極大的影響。

許多名作家，如二葉亭四迷、內田魯庵、森鷗外、上田敏、島村抱月、永井荷風、堀口大學、高村光太郎、佐藤春夫、伊藤整、河上徹太郎、中野好夫、渡邊一夫、西脇順三郎、三好達治……等都參與譯介工作。

由此意識到譯介工作的重要，因此不揣淺陋，積極在報章雜誌譯介日本現代作家、作品。感謝當初提供發表機會的羅智成、許悔之、戴淑華、蔡幼華、高英俊、周幸叡、方梓等諸位先生、女士，以及答應出版本書的黃成業先生。

本書自一九九六年出版以來廣受讀者歡迎，唯至今已過二十載，歲月流逝，世事更迭，本次能有機會將內容補充修正，以新面貌再版呈現給各位讀者，在此感謝鴻儒堂黃成業先生的支持。

二〇一七年九月　林水福

目次

狂人小說家

芥川龍之介

一八九二年三月一日～
一九二七年七月二十四日

芥川龍之介一生從未發表長篇小說，
但是遺留的作品影響深遠。
他關心文學形式主義，
獨具敏銳的美感，
以及對擁有狂人遺傳因子的恐懼，
加上受西洋耽美主義文學的影響，
使他的作品帶有淒涼的美感。

無論喜歡日本文學與否，其實，你我日常生活中有時會牽扯上芥川龍之介而不自知呢！「人生不如一行的波特萊爾」，讀過這句話的人相信不少；再者，對於同一事件，有關者各說各話，讓人瞧不出真相何在時，我們有時會用「羅生門」來形容，事實上，兩者都出自芥川龍之介。所以，芥川和我們的距離其實是蠻近的。

對遺傳的恐懼

一八九二年三月一日，芥川生於東京市。由於是辰年、辰月、辰日刻出生的，所以取名為龍之介。母親生下龍之介七個月後生病、發狂；之後，有十年之久過著狂人的生活。母親的發狂對龍之介打擊甚大，經常意識到自己是狂人之後，擔心會遺傳；隨著肉體的衰弱，這種心理負擔越來越重，最後成為自殺的原因之一。龍之介在「侏儒語錄」中說：「人生悲劇的第一幕從成為親子即開始。

操縱我們命運的是——遺傳、境遇、偶然，這三者。」從短短的這句話中可以了解到有著狂人母親的痛苦。龍之介在其母逝世後，由舅父芥川道章領養（生父新原敏三），十二歲時正式成為芥川家養子。

芥川小學成績極為優異，感性豐富，已顯露出文學的才能。喜讀「水滸傳」、「南總里見八犬傳」和式亭三馬、十返舍一九、近松門左衛門等江戶文學，以及德富蘆花的「自然與人生」、「回憶記」，泉鏡花的「化銀杏」等明治文學。

中學的第一年，寫入學第一印象時，芥川即抱定將來要「口吟『男兒立志出鄉關，學若不成死不歸』走出校門」，閱讀書籍的數量增加，舉凡尾崎紅葉、幸田露伴、樋口一葉、高山樗牛、德富蘆花、泉鏡花、夏目漱石、森鷗外等作品皆讀過。科目中以英語及漢文最佳，以第二名成績畢業。

一九一〇年九月，龍之介入第一高等學校文科。與久米正雄、菊池寬、松岡讓、恒藤恭、成瀨正一等同時入學，另有山本有三、土屋文明因留級而成為同學。讀法科時有秦豐吉、藤森成吉，高一屆的文科中也有豐島與志雄、山宮允、近衛秀麿等同學；與這些後來在文壇上馳名的青年接觸，對龍之介有很大的影響，尤其是菊池、久米、松岡等同學，可說是促使龍之介走上文學路的要因之一。

西洋文學與森鷗外

從高中到大學，龍之介讀了相當多的西洋文學作品，尤其是十九世紀末作家的作品；歐洲各國在十九世紀末如頹廢的、享樂的、唯美的、神秘的、懷疑的等各種傾向都包括在內。一九一三年，龍之介在二十七人當中以第二名畢業（第一名恒藤恭，久米正雄第九名）。

同年九月，龍之介入東京帝國大學英文科，恒藤恭到京都帝大唸法科，菊池寬入京大英文科選科。當時是耽美主義文學最盛時期，龍之介等受到這一派的影響較自由主義還大；受森鷗外歷史小說的影響，連文體也與鷗外相似。後來，佐藤春夫也說過：「芥川君以其出入的門派而言，當然是漱石先生的弟子；不過，作品受到影響的，恐怕鷗外更大吧！」

明治四十年，以小山內薰為中心創辦的同人雜誌，稱第一次「新思潮」，介紹新戲劇運動，尤其是易卜生。第二次「新思潮」主要的同人有谷崎潤一郎、木村莊太、後藤末雄、和辻哲郎等；谷崎發表「刺青」、「麒麟」，一躍而成為知名作家。第三次「新思潮」是大正三年二月創刊的，到九月號時無疾而終；龍之介在此翻譯了幾篇文章。在這時期，龍之介與名叫吉田彌生的女性相戀，甚至考慮結婚；但受到家人反對，導致破裂。龍之介在「帝國文學」上發表了「羅生門」與「鼻子」兩篇作品，目的是想脫離沉悶的氣氛，想寫些「愉快的」小說。

大正四年十二月上旬，龍之介由林原耕三帶去參加漱石山房的木曜會，後來正式成為漱石最鍾愛的、最年輕的弟子。第四次「新思潮」於大正五年二月創刊，創刊號上登載了龍之介的「鼻子」，受到漱石的讚賞；出刊後四月收到漱石信函，提到「材料新穎，深得文章要領。極為敬佩，今後如能寫出那樣的東西二、三十篇，可成為文壇傑出作家。」這對龍之介具有相當大的鼓勵作用，是他一生中最感激的事件之一。「鼻子」可說是龍之介的出世之作，無論內容、形式都非常獨特，引起文壇矚目。

大正五年七月，龍之介在二十名畢業生當中又得第二名；第一名似乎與龍之介特別有緣，畢業論文是「威廉・摩里斯」。同年九月在「新小說」發表的「芋粥」、十月在「中央公論」發表的「手巾」皆獲好評，奠定了新進作家的地位。大學畢業後，當了兩年的海軍機關學校教官。大正七年與塚本文子結婚；大正八年入大阪每日新聞社。昭和二年七月二十四日逝世。

以歷史為創作舞台

綜觀龍之介一生，從未發表過長篇小說。世紀末文學的讀書體驗，使他對文學大感興趣，也助長了他對形式主義的關心；敏銳的美的感覺，使他的作品往形式美發展。初期作品大半是歷史小說，目的不是從前的再現，為了將主題、問題藝術化，而借用歷史背景。他常「尋求」異常事件，而為了祛除「異常」的不自然感，所以借用「從前」為舞台。他的歷史小說可分為：㈠取材自「今昔物語集」「宇治拾遺物語」等所謂「王朝物」，如「羅生門」、「鼻子」、「芋粥」、「竹林中」、「六宮之姬君」、「地獄變」等。㈡取材自近世初期的切支丹（天主教）殉教者、切支丹文學，有「奉教人之死」、「報恩記」、「糸女備忘錄」等。㈢以江戶時代的人物、事件寫成的作品，如「某日的大石内藏助」、以曲亭馬琴為主角的「戲作三昧」及描寫圍繞在松尾芭蕉之死的門人的「枯野抄」等。㈣以明治文明開化期為背景的「舞會」、「阿富的貞操」等。

此外，還有不屬於上述範圍的歷史小說，如從《托爾斯泰傳》取材的「山鷗」、從惲恪談東洋畫論的「記秋山圖始末」取材的「秋山圖」；以及「蜘蛛絲」、「杜子春」二童話。

芥川的文體樣式繁多，有物語體、小說體、書翰體、獨白體……等。

選文的「竹林中（藪之中）」發表於大正十一年一月號的「新潮」，屬中期傑作；取材自「今昔物語集」，然亦受到西方小說家，如白朗寧「戒指與書」等影響。黑澤明將其改拍成電影，易名「羅生門」，獲一九五一年威尼斯影展金獅獎。但，電影與原著不完全相同，黑澤明對原著末尾的「那時，有人躡手躡腳地來到我身旁，……是誰——那個人，以看不見的手輕輕地拔起胸前的小刀。」深感興趣，增添原著沒有的人物，加上新的解釋。

竹林中（註一）

被檢非違使（註二）訊問的樵夫物語

是的，發現那屍體的是我沒錯。我今早如往常般到後山砍伐杉樹，一下子就看到山陰竹叢中的那具屍體。陳屍的地點嘛！那是距離山科（註三）車站前街道，大約有四、五百公尺吧！竹林中夾雜細杉、無人跡的地方。

屍體穿著淺藍色的水干（註四），戴著京都味「烏帽子」的臉朝上倒著。雖說只是一刀，是在胸口的刺傷；屍體四周竹子的落葉，宛如滲入黑褐色。不！血已經不流了，傷口似乎也乾了，而且，那裡有一隻馬蠅，似乎沒聽到我的腳步聲，緊貼著吸血。

有沒有看到長刀或什麼嗎？不！什麼也沒有，只有在旁邊的杉樹根部，掉落著一條繩子。還有——有了！有了！繩子之外還有一把梳子，屍體周圍只有這兩樣東西；不過，從草和竹子落葉都被踐踏得零亂不堪的情形來看，那個男人被殺之前，一定奮力抵抗。什麼？有沒有馬？那裡啊！馬根本進不了的，總之，跟馬走的路還隔著一片竹林。

被檢非違使訊問的法師物語

那具男屍我昨天的確見過。昨天的——耶，是中午時候吧！地點是從關山（註五）要到山科途中，那個男的和騎著馬的女人一起往關山的方向走。女人垂著「牟子」（註六），所以我看不到臉，看到的只是表面赤黑，裡面藍色的衣服而已。馬是帶有紅色的菊花青——的確是法師髮（註七）的馬。高度嗎？高有四尺四寸吧？——反正是出家人的事，那方面我並不清楚。男的——不，不但佩著長刀，還帶著弓箭；特別是塗著黑色的箭筒上，插著二十幾隻箭，我到現在還記得很清楚。

那個男的會變成那樣子，真是做夢也沒想到；人的生命真的像草上露珠容易消失。唉呀！唉呀！真的是說不出的可憐事啊！

被檢非違使訊問的放免（註八）物語

你說我逮捕的男嫌疑犯嗎？他的確叫多襄丸，是很有名的盜賊。不過，我逮捕的時候，他正好從馬上掉下來，在粟田口的石橋上，嗯嗯地呻吟著。你說時刻嗎？時刻是昨夜的八點左右。有一天沒逮到被溜走的也是穿著藏青色水干，佩著長刀，除此之外，如現在您所見的，還帶著弓箭之類的。那個男屍帶著的是這些東西嗎？——殺了人的是這個多襄丸，沒錯。纏著皮革的弓，塗成黑色的箭囊，十七根附有鷹羽的、打仗用的箭——這些都是那個男人的東西。馬，是的，如您所說的是法師髮的月毛（註九）。被那畜牲摔落，一定是有什麼緣故。那匹馬在石橋的稍前方，拖著長長的韁繩，正吃著路旁的青芒草。

多襄丸這傢伙，即使是在京都市中出沒的盜賊當中，也算是好色的傢伙。去年秋天，在鳥部寺賓頭盧後面的山上，來拜佛的婦人和女童一塊兒被殺，聽說就是這傢伙幹的勾當，騎在月毛上的女人，這傢伙如果也殺了那個男的，到哪裡，做什麼都不清楚。似乎有點僭越，不過，這一點也請審訊。

被檢非違使訊問的老太婆的供詞

是的，那屍體是我嫁出去女兒的男人；不過，不是京都人，是若狹國府的武士。名叫金澤武弘，年二十六歲。不，性格溫和，不應該有什麼遺恨的。

我女兒嘛？女兒名叫真砂，年十九。她的個性跟這個男的不相上下，是個性剛強的女人。除了武弘之外，從未有過別的男人。臉有點黑，左邊眼尾有痣，是小小的瓜子臉。

武弘昨天和女兒一起往若狹出發，竟然發生這樣的事，這到底是什麼因果報應呀？女兒到底怎麼了？即使女婿沒指望了，這也讓我擔心不已。這是我老太婆一輩子的願望，即使是地毯式搜索，也請尋找我女兒的下落。最可恨的是那叫多襄丸什麼的盜賊的傢伙。是只有女婿呢？還是連女兒也……（之後是痛哭沒說話）。

多襄丸的告白

殺了那個男人的是我，不過，我沒殺女的。那麼她去了哪裡呢？這連我也不知道。等等！我再怎麼受到拷問，不知道的事不能說，而且，我既然如此，也不打算懦弱的隱瞞。

我是昨天午後不久，碰見那對夫婦。那時正好一陣風吹來，牟子的垂絹上揚，瞄了一眼女的臉。一晃——看到的瞬間馬上又看不到了。可能也因為這緣故，在我看來，那個女的臉就像菩薩，在剎那之間，我下決心即使殺掉男的，也要把女的搶過來。

那裡！殺掉男的，並不像你們想的那麼困難。反正，要把女的搶過來，必須先殺掉男的，只是，我殺的時候是使用腰間的長刀，而你們不使用長刀，只用權力、用金錢殺人，動不動就用偽善的話去殺人。的確，既沒有流血，男的也活得好好的，——可是，那也是殺了人。比較罪的大小，是你們壞？還是我壞？到底是那邊比較壞還不知哪！（諷刺的微笑）

不過，如果不殺死男的，就能把女的搶過來，也沒什麼不滿足的。不！那時的心情是，下決心儘可能不殺掉男的，把女的搶過來；可是，在那山科的車站前路上，這是不可能的，因此，我想辦法把那對夫婦帶到山裡。

這也不麻煩。我和那對夫婦結成旅伴後，我說——對面的山有古墳，我把那古墳挖開一看，好多鏡子、長刀，我偷偷地把那些東西埋在山陰的竹叢裡，如果有人想要的話，我打算全部都便宜出售。男的不自覺中對我的話，逐漸開始動心了！然後——，怎麼樣？慾望這東西，很可怕吧？然後，不到一小時，那對夫婦和我一起掉轉馬頭往山路去。

來到竹叢前，我說寶物就埋在這裡面，來看看。男的被慾望所迷，不可能有意見；但是，女的沒下馬，說我等著，而且，看那竹叢茂密的樣子，這麼說也不奇怪。老實說，這正中我下懷，於是，留下女的一個人，我和男的進入竹叢裡。

竹叢裡，有段時間盡是竹子；但是，走到大約二百公尺處，有稍微敞開的杉樹群——完成我工作的，再沒有比這裡更好的地方了。我邊推開竹林，邊說寶物就埋在杉樹下，說得像真的一樣的假話。男的被我一說，拚命往間隙可見的細杉方向前進。很快地，來到竹子稀疏、有幾棵杉樹並列著——我一到那裡，猝然把對方壓倒，男的也佩著長刀，力氣也應該相當大；不過，冷不防挨打招架不住。我馬上把他綁在一棵杉樹根部。繩子嗎？繩子對盜賊是很重要的，也不知什麼時候要爬牆，所以就綁在腰間。當然，為了不讓發出聲音來，用竹子的落葉塞滿男的口中之後，其他就沒什麼麻煩了。

我一料理完了男的，馬上到女的那邊去，說男的似乎得了急病，來看看！不用說，正中我下懷；女的脫下「市女笠」，由我牽著手往竹叢深處進去。然而，到了那裡一看，男的被綁在杉樹根部——女的一眼看到那情形，不知何時從懷裡掏出、抽出閃耀的短刀。到今天為止，我從未見過個性那麼強烈的女性。如果那時稍微大意一下，恐怕脾臟旁一下就被刺穿吧！不！我躲開了；不過，要是讓她一陣子猛刺中，任何傷害都有可能。但是，我是多襄丸，在她還沒有來得及拔出短刀時，我已把刀子打落。就算是性子再怎麼烈的女人，一旦沒了稱手的武器就作不了怪。最後，我依自己之意，沒有取男人的性命，也把女人搶到手。

沒有取男人性命——是的，我完全沒有殺害男人的意思；可是，就在我準備逃出竹叢，把趴著哭泣的女人拋在腦後之際，女的突然像是發瘋般緊緊抓住我的手，而且，斷斷續續嘶喊著：你死或是我丈夫死，一定要有一個人死，讓兩個男人看見醜態，比死還難過。她還喘著氣說——不！你們當中不管那一方，我會跟著活下來的男的。那時，我突然有了殺死男人的意思（陰鬱的興奮）。

說這樣的事，比起你們，我看來是殘酷的人吧！可是，那是因為你們沒看到那個女的臉，尤其是因為沒看到那一瞬間、燃燒似的瞳孔。當我和女的眼光相觸時，我想即使遭到電劈，也要這個女的當妻子。當妻子——在我念頭中的只有這一件事；這並不是你們所想的那樣，是卑賤的色慾。如果那時除了色慾之外，沒有其他期待的話，我即使把女的踢倒，一定會逃掉的。如此一來，男的鮮血也就不會塗在我的長刀上；但是，在微暗的竹叢裡，瞪著女的臉看的那一剎那，我已下決心不殺這個男的，不離開這裡。

不過，即使殺掉男的，也不想採用卑怯的殺法。我解開男的繩子，而且還說用長刀吧！（掉在杉樹根部的是那時丟完了的繩子）男的面無人色，找出粗的長刀；就在這時，一句話也沒說，憤然向我撲過來。——那場長刀大戰結果如何呢？不用說，我的長刀在第二十三回合時，刺穿了對方的胸膛。是第二十三回合——無論如何請不要忘記；只有這件事我到現在還佩服，因為和我交手二十回合的，天下只有那個男的一個而已（快樂的微笑）。

男的倒下的同時，我把沾了血的刀掛好，馬上回頭看女的；然而——怎麼了？那個女的溜走不見了。女的逃到哪裡去了呢？我在杉樹間尋找。然而，竹子的落葉上，連一點痕跡也沒有留下來。又豎耳傾聽，聽到的只是男的喉嚨裡發出的臨終時的痛苦聲音。

說不定是那個女的在我長刀大戰一開始，為了要找人幫忙，穿過竹叢逃走了也說不定。——我一想到這裡，這次攸關我自己的生命，因此，搶了長刀和弓箭，馬上又回到原來的山路。那裡，女的馬仍然靜靜地吃著草。後來的事再說下去，徒然浪費口舌；只是，在進入都城之前，我已把長刀放手了。——以上是我的白告。反正總有一次我的頭顱會掛在楝樹梢的，請把我處以極刑吧。（昂然的態度）！

來到清水寺的女的懺悔

——那個穿著藏青色的男的把我強姦之後，我望著被綁著的丈夫，發出嘲笑。丈夫是多麼懊恨吧！然而，不管怎麼掙扎，綁在身上的繩結，只有更緊。我不由得連滾帶爬似地跑向丈夫身旁，不！只是想跑過去。男的在那剎那之間把我踢倒在那裡。就在那時候，我看到丈夫眼中有著一種無可言喻的光輝，無可言喻的——我一想起那眼前，即使現在也不由得不發抖。連一句話都沒說的丈夫，在剎那的眼中，已傳達了一切心意；而且，在他眼中閃爍的，既不是生氣也不是悲傷——只是侮蔑我的冷冷的眼光，不是嗎？比起被男的踢了一腳，我感覺到受到那眼光的打擊，我不由得叫了一聲，就這樣昏過去了。

不久，總算醒過來，一看，那個穿著藏青色水干的男的，不知到那裡去了，只有丈夫被綁在杉樹根部而已。我在竹子的落葉上好不容易撐起身體；就那樣注視著丈夫的臉；然而，丈夫的眼色，跟剛才毫無兩樣，仍然在冷淡、輕蔑的深處，包含著憎恨的眼光。羞恥、悲傷、生氣——那時我的心情，不知該怎麼說才好。我搖搖晃晃的站起來，向丈夫身旁靠近。

「既然弄成這樣，沒辦法和你一起。我一心只想死，不過，——不過，請你也死吧！你看到我丟臉的情形，我不能這樣子讓你一個人留下來。」

我拚命地只說了這些話。儘管如此，丈夫仍討厭似地注視著而已。我壓抑著幾乎要裂開的胸口，找尋丈夫的長刀；但是，可能也被那個盜賊拿走了吧！長刀不用說了，就連弓箭，竹籔裡也找不著。不過，還好小刀掉落在我的腳邊。我撿起那把小刀，再一次對丈夫說：

「那麼納命來！我馬上去陪伴你。」

丈夫聽到這句話時，總算動了嘴唇。當然，嘴裡塞滿了竹子的落葉，根本聽不到聲音；但是，我看他的樣子，一下子就了解他說的話。丈夫仍然輕蔑，只說了一句「殺吧！」。我幾乎在意識朦朧之際，小刀猛力一扎往丈夫淺藍色水干的胸前刺進去。

這時我又昏過去。好不容易環視四周時，丈夫仍被綁著，氣息早已斷絕。一道夕陽從夾雜著竹子的杉樹中的天空照射在那蒼白的臉上。我飲泣著解開屍體上的繩子，然後——後來我怎麼了？光是那些，對我來說連說的力量都沒有，總之，我連死亡的力量都沒有。我也嘗試過用小刀刺喉嚨，投身到山腰的池子裡等種種，可是死不了，事到如今這也不是什麼值得驕傲的。（寂寞的微笑）像我這樣沒有用的人，連大慈大悲的觀世音菩薩都放棄了也說不定；可是，殺死丈夫的我，被盜賊強姦了的我，究竟該怎麼辦才好呢？究竟我——我——（突然劇烈的啜泣）。

借女巫之口的死者靈魂之物語

——盜賊強姦了妻之後，就在那裡坐下來，開始安慰妻。我當然開不得口，身體也被綁在杉樹根；但是，在那之間，我好多次看了妻。我想傳達著這樣的意思——不要真的相信這個男的所說的話，無論說什麼都是假的；但是，妻頹喪著坐在竹子的落葉上，一直注視著膝蓋。那樣子看來不像是把盜賊的話聽進去了嗎？我因妒嫉而扭動身體，然而，盜賊花言巧語一直不停。盜賊終於大膽地連這樣的話都說出來——一旦沾污了身子，和丈夫的感情就無法恢復。跟著那樣的女人，倒不如當自己的太太。怎樣呢？我就是喜歡你，才會做出魯莽的舉動。

被盜賊這麼說，妻出神地抬起頭。我從沒看過妻像那時候那麼美；然而，美麗的妻，在現在被綁著的我面前，會怎麼回答盜賊呢？我儘管徘徊在「中有」（註十），每次一想起妻的回答，沒有不發怒的例子。妻的確這麼說——「那麼請帶我到那裡去吧！」（長長的沉默）。

妻的罪不只是這樣子。如果只是這樣，在闇黑中的我也不會像現在這般痛苦；可是，妻如夢中般，任由盜賊牽著手，正準備往竹叢外時，突然臉色大變，指著杉樹根的我。「請殺掉他。只要他活著，我就無法和你在一起。」——妻宛如發瘋似地，叫了好多次。「請殺掉他。」——這句話宛如暴風般，即使現在也好像要把我往遙遠的闇黑深處吹翻、掉落。如此憎恨的話，會是出自人的口中嗎？這麼詛咒的話，曾經聽過嗎？即使只是一次，這麼——（突然，如迸出的嘲笑）聽到那句話時，連盜賊的臉色都變了。「請殺掉他！」——妻這麼叫著同時拉著盜賊的手腕。盜賊注視著妻，沒有回答殺或不殺。——就在這當兒，妻只被一腳就踢倒在竹子的落葉上。（突然如迸出的嘲笑）盜賊靜靜地交叉著雙手，眼睛看著我。「那個女的怎麼辦？殺掉？或著幫助她？回答只要點頭就行了。殺掉嗎？」——光是這句話，我就想原諒這盜賊的罪（又是長長的沉默）。

妻在猶豫不決之際，叫了一聲馬上跑向竹叢深處，盜賊隨即撲過去；但是，甚至連衣袖都沒抓到。我只是如夢幻般看著這樣的光景。

盜賊在妻逃走之後，一拿起長刀和弓箭，只在我繩上一處切下去。「這次是我自己的命運！」——我仍記得盜賊往竹叢外消失身影時，這麼嘟囔。之後，一片寂靜。不！還有不知是誰的哭泣聲。我解開繩子，努力傾聽；然而，那聲音也察覺到了，不就是我自己的哭聲嗎（第三次，長長的沉默）？

我總算從杉樹根部撐起疲憊已極的身子，我的前面有一把妻掉落的小刀發著光。我把它撿起來，一下扎進自己的胸前，有血腥塊湧上嘴；但是，毫無痛苦。只是，胸部變冷後，四周變得更寂靜。啊！是多麼靜啊！在這山陰的竹叢的天空，連一隻來啼唱的小鳥也沒有。只有杉樹和竹梢上，漂蕩著寂寞的陽光。陽光——它也逐漸轉薄。杉樹、竹子都看不見。我倒在那裡，被深深的寂靜包圍。

那時，有人躡手躡腳地來到我身旁，我想看看他；但是，我的四周不知何時已被昏暗所籠罩。是誰——那個人，以看不見的手輕輕地拔起胸前的小刀，同時，我嘴裡又一次有血湧上來。這一次我永遠沉入中有的暗黑之中……。

註：

一、藪：有灌木叢、草叢、竹叢等意。此處指竹叢。

二、檢非違使：負責取締京中違法、惡行之官職；兼有現今警察局及法院之權限。

三、山科：位於京都市東山區的地名，本為京都郊外。

四、水干：打獵穿的衣服之一種。古時民間常穿的衣服，後來以公家之私服廣為穿用。

五、關山：逢坂山，位於京都府與滋賀縣境。

六、牟子：垂平安朝女性戴的「市女笠」周圍的薄帛，隱約可見，為到山野時所戴。

七、法師髮：馬鬃剃成如和尚頭般。

八、放免：因犯輕罪被赦，協助追捕，護送罪人的「檢非違使」的下等官差。

九、月毛：指毛的顏色茶色中含少許赤色的馬。

十、中有：人死後，在未接受來世之生的猶豫徘徊之間。

走完燃燒的地圖的小說家

安部公房

（一九二四年三月七日～一九九三年一月二十二日）

安部公房於六〇年代發表的《砂丘女》、《箱男》、《他人的臉》等作品，國人早已熟知，且給予很高評價。八〇年代之後，安部作品不多，不幸於一九九三年一月撒手人寰，日本文壇又一顆巨星殞落了！

安部生於一九二四年三月七日，幼年由於父親任職奉天市（現瀋陽市），在中國渡過。喜歡幾何和採集昆蟲，高中時最拿手的科目是數學，畢業於東京帝國大學醫學院。日本戰敗後，有一段時期和北海道的祖父母同住，因此，滿州、東京、北海道三個地方成了孕育作家的精神和觀念的原鄉。第一部長篇小說《在最終道路的指標》透過高中的恩師阿部六郎介紹，獲埴谷雄高的推薦始得以出版。一九五八年一月與埴谷、野間宏、佐佐木基一、岡本太郎、花田清輝等成立「夜之會」，受花田的影響特別大。

初期作品有受里爾克影響的《無名語集》（五七年），以及《在最終道路的指標》、《異議分子的告發》、《為了無名的夜》（以上皆五八年）等，特色是有著大都會孤獨意象的主角為追求無或永遠，一直探尋到邊境而自殺，表現出觀念性存在意識。

一九五一年七月以〈壁——S．卡魯瑪氏的犯罪〉獲第二十五屆芥川獎。S．卡魯瑪某日早上發現自己變成一張名片，周圍變成牆壁，把他困住，束縛了他的行動。他吸收牆壁準備往世界的盡頭逃亡，但無法如願，像這樣在日常的現實之中存在著超現實的世界——而在現實與幻想的對立中，現實逐漸戲劇化，幻想的閃爍逐漸鮮明。這部作品讓人連想到卡夫卡，描繪現實與精神的對立手法應是模倣自卡夫卡，特色是人變成東西，探尋自己與外部世界的抽象性。獲芥川獎之後的主要作品有：《闖入者》、《飢餓的皮膚》（五二年）、《飢餓同盟》（五四年）、《野獸尋找故鄉》（五七年）、《第四間冰期》（五九年）、《砂丘女》（六二年）、《他人的臉》（六四年）、《榎本武揚》（六五年）、《燃燒的地圖》（六七年）等。

《砂丘女》獲讀賣文學獎。寫的是中學老師仁木順平利用暑假出去採集昆蟲，竟然行蹤不明，原來他被宛如生物的砂子包圍，在砂洞中和一個女的生活，好多次計畫逃走卻失敗了；最後，成功逃出時，他發現洞外的世界才真正四面八方都堵住無法逃脫。於是，他沒有回到原來的生活世界，永遠失蹤了。在認為永遠無法逃脫的砂洞中，反而發現人類新的「生」之可能性的這部作品，對於描寫現代人孤獨的觀點，從否定、消極轉換為肯定、積極，具有劃時代的意義。被翻譯成英文、捷克、丹麥、中文等二十幾國語言，也被改拍成電影，獲坎城影展獎。

流浪者之歌

石川啄木

一八八六年二月二十日～
一九一二年四月十三日

現實人生的石川啄木，
是徹徹底底的失敗者，
但在詩的國度，
他卻以創新短歌形式，
及淺顯易懂的詩風，留下不朽之碑。
短短二十七歲的人生，如流星繁花，
滿載流浪與漂泊，憧憬與幻滅。

以一般人而言，二十七歲正是對未來人生旅程，充滿希望的時候，然而一輩子在澀民村、盛岡市、北海道、東京之間漂泊的天才詩人石川啄木（一八八六——一九一二年），卻悲劇性地結束了他短暫的一生。

青春的蹉跎、天才與平庸、愛與死、野心與失望、懷疑與絕望、傲慢與偏見……在短暫、凝縮的生命中，石川啄木嘗遍了所有人生的百味，也窺見了人生的隙縫，留給後人豐富的文學作品和無限的懷念！

自小有神童美譽

石川啄木，本名一。明治十九年（一八八六年）二月二十日，出生於岩手縣南岩手郡日戶村（現玉山村日戶）之曹洞宗日照山常光寺。父石川一禎，任常光寺住持。啄木上有二姊，下有一妹。一八八七年，父轉任北岩手郡澀民村寶德寺，舉家遷往澀民村。

北上川從北緩緩流過澀民村，河岸兩邊種有柳樹，迎風招展、婀娜多姿。啄木有一首和歌詠道：

青青柳芽初吐的
北上川猶可見——
誘人垂淚呀思鄉情

澀民村前，岩手山高高聳立。山上，春有春霞，夏飄雷雲；秋有波狀雲，冬則皓皓白雪覆山頂。

面向故鄉的青山啊
欲辯已忘言
滿懷感謝呀故鄉的青山

澀民村雖是大自然圍繞下的寒村，不過在這裡度過幼年時期的石川啄木，卻是幸福、快樂的。由於是家中唯一的男孩，集父母、家人寵愛於一身。有一次，寒冬的半夜，啄木吵著要吃東西，然而當母親不辭辛苦地起床為他煮好東西時，卻又不吃了。對啄木的任性，母親並不以為忤；父親對他更是疼愛有加。製作工具時，常在上面寫著「石川一所有」；兄妹吵架時，挨罵的總是妹妹。

在父母溺愛、姊妹相讓下成長的啄木，養成了任性、不服輸、自尊心強的性格。小學時，還跟同班同學工藤千代治爭第一名，前三年都讓工藤領先，第四年終於取得第一名，博得「神童」的美譽。

一度嚮往軍旅生涯

明治二十八年（一八九五年），年僅十歲的啄木離開父母膝下，到岩手縣盛岡中學唸書。當時盛岡中學學風自由，政治、軍事家輩出；如曾任總理大臣、海軍大將的米內光政、國會議員八角三郎、海軍大將及川古志郎和語言學家金田一京助等，可謂濟濟多士。

軍人的世界是當時盛岡中學生憧憬的對象。啄木本想往陸軍發展，與及川古志郎交往之後改變心意，轉向海軍。及川雖然後來成為海軍大將、大臣，但同時也是盛岡名醫之子，喜好短歌、詩等文藝。及川召集一些愛好文學的青年，研讀「源氏物語」，啄木也加入他們的行列，耽讀起明治時代的文學。

明治三十四年（一九〇一年）一月，啄木聽從及川的建議，拜訪盛岡中學短歌「大家」金田一京助，之後，便對短歌表現出十分狂熱的態度。

金田一家是南部藩的御用商，終其一生京助是啄木的知己。京助筆名花明，常常投稿「文庫」雜誌。那時「文庫」的評審是與謝野鐵幹，後來鐵幹又創「明星」雜誌。日本近代詩歌的先驅者，高村光太郎，以及島崎藤村、與謝野晶子、岩野泡鳴、相馬御風、北原白秋、吉井勇、長田秀雄、木下杢太郎等，皆透過「明星」迅速成長。啄木也因為認識金田一京助，向「明星」靠近，成為新詩社的成員。

「明星雜誌」初試啼聲

初三時，「明星」刊登啄木的短歌。啄木受到鼓勵，對文學創作的興趣更為高昂。當時盛岡中學在不來方城址附近，啄木覺得學校上的課索然無味，常爬窗逃到校外，到不來方城址看文藝書籍，編織文學的美夢。

其一

仰臥不來方城草坪上
被天空吸引的
十五少年心

其二

坐在不來方城遺址的
石頭上
一人獨嘗禁制的果實

不來方城是慶長（一五九六——一六一五）年間南部藩主南部利直建造的，亦稱盛岡城。歷代南部藩居於此，明治維新後廢城，現為岩手公園。「不來方」之名，係因清原武則（平安期武將。於前九年戰役中援源賴義家滅安倍貞任，因功於一〇六三年任鎮守府將軍，生卒年不詳）之甥不來方貞賴於此築城而得名。

盛岡城位於中津川、北上川、雫石川會合處的花岡石台地上，面向大馬路有櫻山神社，奉祀南部藩四公；城內豎有啄木歌碑、宮澤賢治碑、新渡戶稻造（一八六三——一九三三年，思想家、教育家。生於岩手縣，留學美國、德國，任京大教授、一高校長、東大教授、東京女子大學第一任校長）碑等，是盛岡市民休憩的好地方。

啄木就讀盛岡中學時與同學成立讀書會，每星期六晚上，輪流聚集會員家中研讀英文，以及報紙、雜誌上刊載的文章和對新刊書籍的感想等。不過，啄木內心深處，對短歌的鍾情卻與日俱增。

熱戀情詩長達十公尺

另一方面，啄木與在小學同學金澤恒一家中認識的堀合節子墮入情網。節子明治十九年（一八八六年）生，三十二年春，入岩手縣內唯一的天主教學校私立盛岡女學校。節子曾送長達十公尺的情詩給啄木，而啄木為不負佳人美意，亦回送等長的情書；還把情書給佐藤善助、伊東圭一郎等好友看，說出自己對節子的愛意。後來在「一握之砂」和歌詩集中，啄木如此回憶：

想起我的戀愛

第一次向朋友告白的夜晚的那一天

啄木耽讀文藝書籍，又與堀合節子戀愛，學業因此一落千丈，且日益嚴重。當時，因排斥學校老師所引發的罷課事件中，啄木受到連坐處分，後來又因考試作弊受到處罰。明治三十五年（一九〇二年）十月二十七日，啄木從盛岡中學退學，同月三十一日，心懷成為大詩人的大志上京，與謝野鐵幹、晶子等新詩社員員為主的詩人們交往。

鐵幹回憶初見啄木時的印象說：「坦率、氣質高雅、聰敏、個性開朗；同時也有亮麗的前額、溫柔的眼光。微微高聳的右肩，帶著一點傲氣。整體而言，是英姿煥發的少年。妻今天也讚美說：『森鷗外先生和啄木的額頭，都寬而秀麗，象徵其人聰明敏慧。』」

滿懷希望上京的啄木，三個月之後生病了，被父親帶回故鄉澀民村。父親為了籌措啄木上京的費用，偷盜後山的栗樹，種下後來被逐出澀民村的「因」。

處女詩集「憧憬」幻滅

在啄木失意的日子裡，唯一支撐他的是節子。節子以愛心治癒了啄木的疾病，從節子的愛，啄木找到了詩世界的亮光。

明治三十七年（一九〇四年），啄木和節子訂婚，本來雙方家長對這門婚事並不贊成，堀合家不放心將女兒託付給體弱、一事無成的啄木；而啄木的母親也對節子女中時代即到男友家過夜的開放態度不以為然。不過，雙方家長最後拗不過當事者的堅持，只得同意。

啄木為了出版詩集「憧憬」，於十二月二十八日再度上京。當時還沒有澀民車站，需徒步到好摩車站，再搭乘東北本線。節子送他到黑澤尻。啄木後來回憶當時的情形，詠道：

濃霧深鎖的早晨
好摩原野的車站
蟲鳴

啄木本想拿「憧憬」的版稅作為結婚費用和還債，然而，弱冠詩人的處女詩集，雖然引起少數圈內人的注意，但以整個文壇而言，啄木尚屬藉藉無名之輩。「憧憬」發行一千本，幾乎都沒賣出去。

新郎惡意的缺席

結婚，是人生大事。五月三十日——啄木與節子結婚的日子，好友們在火車站前「望穿秋水」，獨獨不見新郎啄木的影子。到了傍晚婚禮開始時，啄木還是沒回到盛岡，終於演出一場沒有新郎的婚禮！

原來十九日離開東京的啄木，在仙台下車，訪土井晚翠，見朋友小林茂雄等，投宿在大泉旅館。並為「東北新聞」撰寫隨筆，住了十天左右。

自尊心很強的啄木，回到盛岡後馬上得背負起一家生計的重擔，然而希望所託的詩集「憧憬」，卻賣不出去，因此有「無顏見江東父老」之感。到了月底，以母親病重為藉口，向土井晚翠夫人借得十五圓付清旅館費，才踏上歸鄉之途；可是卻未在盛岡下車，一直搭到好摩車站。啄木常向朋友告貸，幾乎都有借無還。因此朋友們逐漸和他絕交。

啄木新婚期間，與妹妹光子同住在大小僅四帖半的地方。在「我的四帖半」中，他詳述家居情況：裡面房間的角落裡散置著節子的琴，發出寂寞的喟嘆！儘管如此，啄木仍稱新婚生活「如夢般快樂、安穩」。當時新居的房子，至今仍被保存著供人參觀。

踏上永遠的流浪路

啄木為了解決生計問題，翌年三月，帶著母親和妻子回到澀民村。四月，在澀民小學校當代課教員，月薪僅八圓。啄木人窮志不短，自稱是「日本第一的代課教員」；因為「我是詩人，只有詩人才是真正的教育家。」保存良好的澀民小學教員辦公室，現在被移到石川啄木紀念館。

月薪八圓養活一家五口，其窘困的情狀不難想像。要改善經濟情況，唯一的辦法，是讓父親恢復寶德寺住持的職位。啄木為此再度上京，受到夏目漱石、島崎藤村等小說的刺激，返鄉後不久即開始撰寫小說「雲是天才」。以代課的澀民小學為背景的這部小說，主題不明確，小說的技巧拙劣。

啄木代課期間因故與校長對立，又帶頭罷課，還把校長趕出澀民小學；然而，啄木也遭到被革職的命運，黯然離開故鄉，踏上流浪之途。

啄木在函館、札幌、小樽、釧路、東京等地就職，每一項工作都做不長久，原因之一是自視過高，無法與人和睦相處；這種只顧自己、不顧他人的個性，無疑是小時候養成的。啄木生前最後的工作是東京朝日新聞的校對。一九一二年一月二十三日，母親逝世，四月十三日啄木亦尾隨其後，成為不歸之人！

短歌代表「一握之砂」

啄木雖然也寫小說、評論，但最大的文學成就無疑是「短歌」。短歌本為和歌之一種，不過今日往往把短歌和和歌當同義詞使用。傳統的短歌是由五、七、五、七、七共三十一音組成，以一行書寫方式構成的韻文。啄木一生只出版過兩本短歌集，即「一握之砂」與「悲傷的玩具」；後者還是啄木死後才出版的。

「一握之砂」收有短歌五百五十一首，明治四十三年（一九一〇年）十二月一日，由東京東雲堂出版。以創作時期而言，是明治四十一年六月二日，到明治四十三年十一月初（或十月底）的作品依主題可分為五章，係以觀念連想的方法編纂而成。

第一章歌詠日常生活各種情況中的心理，如託砂子以歌詠哀惜自己生命的作者虛無的心情：

無生命的砂子的悲哀呀
沙拉　沙拉地
從我緊握的指尖　滑落

啄木上京後，創作方面不如意，無法迎接寄居於函館的老母及妻子來京同住，因此，每天過著煩悶的日子。以下這首短歌，就是在這種心情下創作的，以回憶母親的心情為主題。其中的「背起母親」及「走不出三步」，應是虛構之景；然而，人子對母親的關懷、孝心表露無遺。

開玩笑地揹起母親
我哭泣走不到三步
因她過輕的體重

無盡的漂泊，淡淡的哀傷

第二章大都是回憶之作，有「一」回憶盛岡中學時代的青春；「二」是對澀民村的望鄉歌群。啄木自明治四十年（一九〇七年）五月四日離開澀民村之後，從未回過故鄉，因此，短歌中有不少懷鄉之作。諸如：

懷念的鄉音呀
到上野車站的人潮中
聽它

石川啄木

踩上故鄉的泥土
我底腳步輕快
心　沉重

故鄉的路旁
拋棄的石頭呀
今年被荒草掩沒了吧

第三章是詠秋之作。淡淡的哀傷，巧妙地托出日本獨特的季節感。如：

廣闊天地間
我底悲傷與月光

遍灑成秋夜

第四章「難忘的人」，分成「一」、「二」。「一」是回憶不到一年之間，漂泊於函館、札幌、小樽、釧路、函館等地的北海道時代，對明治末期北海道的風物、自然，有不同的體驗與感悟；「二」是思慕函館彌生小學同學橘智惠子的情詩。

街上看到身影似妳的人
我心跳躍狂喜
思念苦

第五章「脫手套時」，大多為描繪都市人的生活，以及都市的橫斷面。

脫手套的手突然停止
怎麼呢
回憶閃過心頭

現實人生的挫敗者

現實人生的石川啄木，可說一無是處：自私自利、沒錢又喜歡擺闊、顧不了家也顧不了自己、向朋友告貸有借無還，還常與人絕交……然而，這些「劣跡」，在「時代歷史」因素的考慮下，以及在時光的沖洗下，逐漸被淡化，甚至被轉化。研究者「不因人廢言」，喜歡啄木，連他的缺點也予以包容、諒解了。

創新傳統短歌的「形式」，和淺顯易懂的大衆化詩風，讓啄木在詩的國度裡得以立碑，可以不朽！而澀民村、盛岡市這兩個啄木度過幼年、少年時光的地方，有一條線牽住了他的心；既是他無限回憶、追慕的故土，也是他創作的源泉。甚至病重時，啄木還留下了這一段出自肺腑的話：

今天胸口又疼痛
要死的話
我想回故鄉死呀

一代詩人，如繁花流星，從此走下人生舞台。

詩人小說家 井上靖

一九〇七年五月六日～
一九九一年一月二十九日

以寫「蒼狼」、「敦煌」、
「樓蘭」、「孔子」等歷史小說
享有盛名的日本作家井上靖，
於一九九一年一月二十九日晚間去世了。
就像一顆流星隕落，
給世人留下無盡嘆息之外，
遺留的豐富文學遺產，值得進一步探究。

一九九一年一月二十九日晚，闇黑的夜空中，突然有一顆流星迸發出璀璨的光芒，從日本東京劃過，它向中國的西域而去，是為了要會見自有人類歷史以來，唯一征服過歐亞兩大洲的蒼狼——成吉思汗，問問他究竟征服慾從何處產生的？抑或是想拜見至聖先師孔子，請教他在小說「孔子」中對天命的詮釋，是否無誤？還是準備到在人類歷史長流中只存在五十幾年就消失得無影無蹤的樓蘭王國那兒，解開真正的亡國之謎呢？

歷史小說有無限想像空間

天上有一顆流星隕落，地上就有一個人去世；如果這種說法是真的，那麼一月二十九日晚上隕落的那顆流星，無疑的代表井上靖先生的逝世了！

一九五七年，井上靖時年五十，發表歷史小說「天平之甍」。之後，一本接一本好看的長篇歷史小說從他手中寫出。以中國為背景的有「樓蘭」、「敦煌」、「蒼狼」、「楊貴妃傳」、「孔子」等；以日本為舞台的有「淀君日記」、「額田女王」、「後白河院」等；此外，還有以韓國為舞台的「風濤」，以俄國為背景的「俄國醉夢譚」。其實，井上靖撰寫這些長篇歷史小說之前，已發表「洪水」、「狼災記」、「古文字」、「明妃曲」、「僧伽羅國緣起」、「褒姒之笑」等短篇歷史小說。

國內的井上靖歷史小說譯本，大都以中國為背景，銷路似乎不錯。原因之一是這些故事大家已耳熟能詳，不需要「努力」就能看得懂，而且對外國作家的詮釋，也有一份新鮮感！

然而井上靖撰寫歷史小說的動機是什麼呢？

井上靖認為，儘管歷史小說不能超越史實的範圍，也存在著種種限制與侷限，但是在單一的史實與史實之間，仍留有「無限的」空白，作者可以以本身的聯想、幻想、夢想等來填補這些空白。這就是井上靖寫歷史小說的動機。

作品多以西域為背景

井上靖為什麼獨鍾情於中國、西域呢？

其實，井上靖從學生時代起就特別喜歡閱讀有關中國、西域的東西，對中國、西域有著一份深深的憧憬。他認為，在中國——可稱為「世界歷史的縮圖」或「世界歷史的博物館」——的歷史中，很容易找到小說的主題，可探討人性的深微；而西域這兩字對他而言是充滿著未知、夢、謎題與冒險等含義。

此外，井上靖認為，在中國頻繁的改朝換代中，每次都引起巨大的震撼、變遷，不知有多少人在這種歷史的變遷中，命運被愚弄了，自然容易產生虛無感。因此，井上靖筆下的歷史小說，無論描寫興盛或敗亡，總是飄散著一股淡淡的、哀傷的虛無感。

最後一個原因是文化的探源，亦即尋根。

井上靖認為，中國是日本人的「夢之國」，要探究日本文化的根源，非回到中國不可。他從取材自中國歷史事件、人物的歷史小說中，找到了探尋日本文化的根源的方法，儘管他找到的不過是日本文化根源的雛形而已！

井上靖的歷史小說採敘事手法，依記錄式、記年式方式進行，捕捉人類象徵性的存在。有人批評井上靖歷史小說的人物呆板，事件也沒有明顯起伏。不錯，這是不容否認的缺點；然而，井上靖自己曾說過：「我不是透過個性探討人，而是把人作象徵式處理，希望純粹觸及到人根本擁有的東西。」

虛無與孤獨是一貫主題

井上靖歷史小說的特色是什麼？

井上靖文學從詩作開始出發的。衆所周知，他的小說幾無例外都以詩的世界為根底，不只是「以詩的精神寫小說」；可以說井上靖是先寫詩，然後把與詩的氣氛等值的東西，裝入名為小說的容器裡。詩集「北國」中的幾篇詩，如「獵槍」、「漆胡樽」、「高原」、「二月」、「幢」等，後來都當小說的篇名，而且兩者之間關係密切，脈絡蛛絲可尋；即使小說「蒼狼」、「孔子」、「敦煌」等也是從詩衍生的。因此，「詩質小說」可說是井上靖歷史小說的特色之一。

第二個特色是人類在歷史中的虛無與孤獨。

以「天平之甍」為例：描寫四個學問僧普照、榮叡、玄朗、戒融帶著招聘唐朝高僧鑑真到日本的使命，搭遣唐船渡唐後遭遇的故事。榮叡病倒異國，客死他鄉；玄朗為女色所迷、喪失求道之心；戒融為廣闊的中國大陸所迷，不知流浪何方？結果只有普照歷經種種苦難之後，終於把鑑真延聘到日本；然而鑑真搭的船，卻遭遇暴風雨，不得已把裝載的大量經卷一一拋入大海。

這裡描寫的是人與自然和時間的搏鬥；人在自然與時間的愚弄下，是多麼無奈與無常呀！在這裡脈動的是歷史，是命運！

井上靖的歷史小說，人物在時間之河，在歷史的長流，似乎未有重要地位，這是因為以人類數十年、百年的生命相對於以百年、千年為單位計算的歷史。

井上靖

人，在歷史的確極為微小。所以，人在歷史長流，孤獨是必經的旅途。

虛無與孤獨，在井上靖的詩質歷史小說，其實都化為美。尤其是晚年的小說「孔子」，我們可以看到他已深悟天命的道理，超越了一切的虛無和死亡。

流星已逝，留給世人無盡的嘆息；其文學作品在人類的歷史宇宙，將化為一顆永不熄滅的恆星！

筆調幽默而哀傷的井伏鱒二

一八九八年二月十五日～一九九三年七月十日

夏目漱石在寫作中與世長辭，從某個角度來看或許「死得其所」；如今日本文壇上，超過七十高齡仍然創作不輟的大有人在。

井伏鱒二，一八九八年生於廣島縣深安郡加茂村（現福山市）。曾有一段時期立志當畫家，初中畢業後想入京都名畫家橋木關雪之門，被拒。就讀早稻田大學文學部時開始寫小說，之後退學。一九二三年於《世紀》發表〈幽閉〉，後來加以潤飾，於一九二九年改名〈山椒魚〉發表於《文藝都市》，一般以此為井伏的處女作。

一九二八年左右登上文壇，發表〈鯉魚〉、〈山椒魚〉、〈屋頂上的傻旺〉等佳作。三八年以〈約翰萬次郎漂流記〉獲第六屆直木獎。以〈漣漪軍記〉、〈多甚古村〉等鞏固文壇地位。第二次世界大戰時，井伏被派到新加坡，在那裡寫下〈花街〉。五〇年以〈本日休診〉等獲第一屆讀賣文學獎，以獨特的幽默筆調描寫庶民情狀。五六年起〈火車站前旅館〉開始連載，後來且成為流行語。以〈浪民宇三郎〉等獲藝術院獎。一九六〇年獲選為藝術院會員。一九六六年以《黑雨》獲第十九屆野間文藝獎，《黑雨》是以熟人的日記、體驗記、病床日記等為素材，以平淡的筆調描繪原子彈投下後的慘狀。這部作品於六九年被譯成英文，在英美受到極高的評價，廣為世界各國所知。六六年獲文化勳章。

井伏與同時代作家橫光利一、川端康成、尾崎一雄等相比，起步相當晚，但也因起步較晚，使他無論身處任何時代皆不失平常心，能凝視對象；淡淡的筆調是他最大的魅力。雖是文壇中人，卻與文壇保持若即若離的關係。活用本身資質，重視詩情與凝視現實之間產生的作品，兼具包容力和細心。從一九六五年辭去芥川獎評審委員之後，不再擔任任何「公職」；然而，谷崎潤一郎以他為對手，橫光利一崇拜他，甚至連普羅文學的小林多喜二也對井伏的文體敬佩不已。如果志賀直哉是「知識分子」，那麼井伏鱒二可說是「庶民」；當然這指的是文章的味道，而非社會階層。《黑雨》描繪原子彈爆炸的慘劇；然而，井伏筆下宛如颱風或地震般的自然災害，完全是「庶民」的感覺。戰後作家決不會以這種筆調描寫的。

太宰治早逝，小沼丹、庄野潤三、三浦哲郎、安岡章太郎、飯田龍太等是構成井伏山脈，而且是「活火山」的主要「峰頭」，儘管這些「峰頭」與志賀直哉、小林秀雄等的周邊有部分重疊，但井伏及其周邊無疑是建構昭和文學史不可或缺的部分。

歷史朝代不斷更迭，文學朝代也有所更迭，但社會的基盤保有不變的部分。井伏的文章隨社會基盤的韻律而脈動。

遠藤周作

（一九二三年三月二十七日～一九九六年九月二十九日）

人生是複雜的，
但是不可以忘記喲！
人無法不在他人人生留下痕跡
而能與之交往！

（『我・拋棄了的・女人』）

我認識的遠藤周作

認識遠藤周作先生是一九八六年十一月輔大外語學院舉辦第一屆文學與宗教大會時，我奉命負責日文部分。大會為了表示對遠藤先生的敬意，翻譯、出版了他的兩部作品，即「母親」和「影子」。遠藤先生訪台期間，由我負責接待，因此得有較多時間和他在一起；後來我建議輔大頒給他名譽博士學位。之間的聯繫，與及來台接受博士學位期間也由我負責接待。

天生是個急性子

正式和他見面之前，曾和他通過國際電話，每次壓力都很大，唯恐事情談不好，而他那種給人急著要掛話筒的感覺，更讓人緊張！老實說那時對他並無好感。心想要不是「工作」，我才懶得理你！大作家是你家的事，與我何干？我又不靠你吃飯。

後來我才了解遠藤先生天生是個急性子，何況每天不知有多少人要找他，因此已「習慣」了電話中長話短說、速戰速決，並非對我「特別」。已逝日本梅光學院大學前校長佐藤泰正教授也有過事情未談完，就被遠藤先生掛斷電話的經驗呢！（遠藤先生當然不是故意的，而是誤以為話已談完。）

讀他的隨筆、散文，尤其是帶有「私小說」(註)味道的文章時，可以感受到與純文學如「沉默」、「海與毒藥」……等完全不同的筆觸，往往是嬉笑怒罵中帶有幾分真理，諷刺中又有幾分溫馨。如這次「小說選讀」中的兩篇短文「不要讓位給小孩」以及「多和東南亞學生交往」，毫不客氣地指出當時日本社會不易為一般人察覺到的弊病，或雖知道而不敢明言的「逆耳」之言，呼籲人們多關懷東南亞留學生。這種話出自大作家之口的確相當難得，也表露遠藤先生可愛的一面。只可惜當今日本社會，仍存在著遠藤先生當時所指的偏頗現象，令人惋惜。

數學零蛋糗事百出

在「劣等生回母校」中，遠藤自述數學、英文很差。遠藤英文方面造詣如何？不敢妄下斷論，不過數學不好我相信是事實。話說我應日本梅光學院大學之聘，講學兩年期間，有過數次和遠藤吃飯、散步的機會。有一次他請我到一家法國餐廳吃飯，一開始故意叫服務生過來，「故意」批評今天的菜做得不好，害得服務生頭不知點了多少次，「實在很抱歉」的話，直到他回到櫃台還不停地唸著呢！我怕找碴會不會惹麻煩，小聲問遠藤先生：「這樣不會有事吧？」他笑著說：因為「很熟才敢這樣子，傻瓜！」（心想被擺了一道！）這時，鄰桌幾個小姐的眼光投向這邊，同時喁喁私語：

「喂！我跟你說，那個就是頂頂大名的天主教作家遠藤周作唷！」

「真的!?他就是那個愛開玩笑的狐狸庵山人？」

「是呀！」

「他旁邊那個年輕人是誰？」

「不認識，或許也是什麼作家吧！反正他們都是物以類聚嘛！」

年薪超過一億日圓

第一次被人誤以為是作家，雖不是真的，卻也有飄飄然的感覺（難怪那麼多人想當作家），而她們的對話，連我這個「老外」都聽到了，遠藤先生沒聽到才怪！結帳時遠藤先生不知是想在小姐面前裝大方，抑或故意在我面前擺闊？（其實要想擺闊他是擺得起的，偷偷透露個秘密：遠藤先生每年收入都在一億日圓以上哦！）特別大聲地對服務生說：「剩下的零錢不用找了，就賞給你吧！」鄰桌的小姐們「哦——」地發出羨嘆聲。那個服務生這下不知又彎了幾回腰，同樣也是口中唸唸有詞；不過這次聲音較清脆，而且彎腰的幅度也比較大，幾乎都要碰到膝蓋了。感覺上，遠藤很節儉，這次怎麼這樣大方呢？正納悶之際，剛才那位服務生又回來了，滿臉失望的樣子說：「遠藤先生，對不起！您給的錢還不夠付呢？」「哦！真的？還差多少呢？」「還差九百五十塊，剛剛您少算一千圓。」

這時鄰桌的女孩子們手摀著嘴巴：「嘻！嘻！」地笑了起來。

全心全意信奉上帝

與遠藤先生認識之後，透過書信、作品以及實際的交往，我知道他已在我的人生留下了痕跡，而這類痕跡以後還會增多、加深！我深信這些痕跡必能豐富我的人生，我也知道這輩子可能脫離不了他；如同，遠藤先生離不開祂一樣。

註：作者以自己生活體驗為題材的小說。曾盛行於大正年間，又名心境小說。

遠藤周作作品集：

劣等生回母校

隔了三十幾年，再次穿過母校——灘中（現在的灘高中）的校門，應邀在文化祭以學長的身分講話。

說是學長聽來好笑，其實我是灘中的劣等生之一。

「你啊！真是這學校的垃圾！」三十幾年前在教師休息室曾被級任導師長吁短嘆說過。那個垃圾在相隔多年的今天回到母校。校門和門前的乳白色建築物跟當時毫無兩樣，其他的就全無印象。學校前方的松樹林（我們劣等生經常在那兒埋伏，捉弄成績好的A組學生）消失了蹤影，而旁邊的河川路上，賣鯛形小蛋糕的攤販所在的住吉川河床也塗上了水泥。從前那裡有夜來香綻放，白色河灘中石頭粒粒可數，水流潺潺。

說到灘高中，現在不知怎麼搞的，居然在全國東大的入學率中是數一數二的學校哩！不過我唸的那時候，灘中不是什麼好學校，是進不了穿卡其色制服、打著綁腿的兵庫縣名校神户一中或三中的落第生偷溜進來唸的；是御影（譯註：神户市東灘區的地名，是造酒地區）地方造酒業的少爺糊里糊塗進來唸的二流中學。由於是柔道之祖——嘉納治五郎創辦的私立中學，因此柔道是正課，而嘉納先生的話「善用精力、利己利人」，更被裱成橫匾掛在禮堂上，說它是特色也的確是一絕。

不過，學校從那時候開始，似乎就以迎頭趕過神户為目標。說是「似乎」，這是因為即使是學校的方針，也跟我們這些C組、D組的劣等生無關。基於該方針，學校每年依成績高低編成A、B、C、D四組。前年成績優良者編入A組；普通的編入B組；不好的傢伙編入C組；已病入膏肓的頑劣之徒則被編入D組。我一年級是A組，二年級是B組，三年級是C組，四、五年級是D組，呈規則性下降，可說是名副其實的灘中劣等生之一。有「足以自豪」的成績表現，讓老師們大嘆：「你啊！真是這學校的垃圾！」也是應該的。

不過，不管是怎樣的老爸，懷念的常是中學時代。老爸們現在在兒女面前會擺出一副正經八百的臉吧！但那個老爸在三十幾年前也有過滿臉青春痘，理著光頭，背著書包，被老爸痛罵、挨揍的時代啊！

當時，老師痛打行為不良的中學生是理所當然的。那時候的灘中一整天聽不到教室裡「拍、拍」的打耳光聲，是不可能的，而其中被打得最多的聽說是我。（我自己並不這樣認為，不過據當時同學們的回憶是如此，我也只有認了。）

我要聲明的是，我並不是反對灘中校風的叛逆少年。叛逆少年的話還有「可觀」的地方，而我根本毫無那般強烈的信念。我做的、表現的一切，跟優等生完全相反，因此每天都挨打。

據那時的朋友楠本憲吉的說法：

「我記得幾何考試時，有一題是『三角形兩邊和大於第三邊。三角形內角和是一百八十度。試證之』，而遠藤的答案寫的是『完全正確，的確如此，我也這麼認為』。『這算什麼答案？遠藤，你給我到前面來！』劈拍！」答「我也這麼認為」，老師生氣也是當然的。

對於那天的事和考試的事，我還記得。一談到數字我就只有雙手投降的份；對老師使用圓規在黑板上的說明完全「莫宰羊！」，我當時想法是：究竟為什麼三角形的內角和非一百八十度不可？縱使二百度、二百二十度跟我每天的生活不是毫無瓜葛嗎？考試時出了這一題，我一字也不會寫，就戳戳前面男同學的背部，小聲地拜託他：

「罩一下吧！」

然而，對方也是劣等生，趁老師不注意時讓我偷瞄了一眼，在白紙上回答我「饒了我吧！」我頭一轉，一瞬間答案全出來了。在所有的問題上回答：

「完全正確，就是這樣。」

我想這樣回答不能算錯吧！因為贊成正確的事是學習者應有的行為，我就這麼寫了。第二天，挨了老師一陣耳光。那種慘痛經驗至今記憶猶新。

我從被編入C組的三年級開始，對學校所有的課幾乎就像聽外文一樣。除了國語和作文之外，連物理、化學、數學也都不像日文，老師好像用奇怪的記號在講課；英語那就更甭提了，尤其是發音部分，對我來說更是難中之難。為什麼「Knife」不發「ko ni fue」而要發「naif」呢？它的根本理由在哪裡，我無論如何也搞不懂。京都大學畢業的老師要我唸課文，之後說：

「你唸的不是英語呀！到底是那一國的話呢？為什麼再怎麼教都記不得呢？」

我看到老師打從心底發出我是無可救藥的表情，劣等生的我不知今後該怎麼辦？就因為不知道，所以有一天才會做出楠本憲吉所說的行為。

「這個人（遠藤），（態度）很惡劣。老師說『遠藤！唸一下課文。』他回答：『是！』就站起來，看著書就是不唸。『為什麼不唸呢？』『我在唸呀！』『你哪有在唸呢？』他回答：『我在默唸呀！』」

心想反正唸了的結果是徒然讓英語老師的表情更難堪；可是輪到我唸時又不能不站起來。不過，老師只說：「唸！」又沒說要唸出聲音來，我不得已才出此下策，這就是那次默讀事件的我的心理。我毫無反抗老師的意思，不過那時還是被痛揍了一頓。

隔了三十幾年再穿過母校的建築物。校門正面的建築物從前是教師辦公室和校長室；陰暗的內部現在仍然不變。和老師們並肩進入校長室時，走著走著，在走廊上突然想起曾被罰只穿一件兜褲布跪在這裡的事。

「校長，我在這裡被罰過跪哪！」我對從校長室出來的勝山校長說。

「是嗎？有過那樣的事嗎？」

似乎已不記得了。老師雖然不記得，我卻記憶猶新。那天是暑假剛結束，體操課由B組和C組一起在泳池練習游泳。那時候的學生沒有泳褲這種漂亮的東西穿，而是纏著兜褲布。

練習游泳之前，我站在跳水台上，在大家面前做跳水的樣子。我那時候頂多游不過二十公尺，這是大家都知道的，所以大夥故意喧囂。

「不會游泳還故意裝會跳水的樣子……！」

B組的傢伙在損我，C組的劣等生們非常憤怒：「說什麼呢？想打架嗎？」我受到C組、D組同的支持，擔心因自己而惹出事端；可是，事到如今也不能就此作罷，唯一的辦法只有轉移同學們的心頭氣。於是，我做出了異常的舉止——站在跳水台上朝著泳池尿尿。

「啊——」大家嘴巴張得大大地看著我。那時，體育老師穿著黑色泳褲在池邊出現了。老師剛開始愣愣地看著我的行為，然後非常生氣，因為大家叫囂著不願進入有尿尿的泳池。

於是我被帶到教師辦公室前，罰跪在走廊上。老師們從辦公室出來時，看到只穿一條兜褲布跪著的我，眼睛睜得大大地瞧；也有老師可能以為這個遠藤不知又幹了什麼好事，以嚴厲的眼光瞪我。

最糟的是那天有班級召開母姊會。學生們的母親一個接一個地經過我跪著的走廊，大家都露出詫異的表情。這也難怪，因為是只穿一條兜褲布的男生跪在走廊嘛！

「你怎麼了？」

同學的母親當中，也有跟現在的母親一樣喜歡說教的老太婆，直瞪感到不好意思緊縮著身體的我問：

「你幹了什麼壞事？」

真的好糗。小聲地回答從跳水台上尿尿之後，

「那是不行的唷！不可以做那種事，老師生氣這是當然的！」

儘管不是自己的孩子，竟也說起教來了。最後，

「你太瘦了！要多吃飯哪！這樣不行的。」

說了這廢話之後才離開。

那道走廊！我被罰跪的地方跟從前一樣，真是感慨萬千。

「你跟從前相比，穩重多了啊！」勝山校長仔細端詳我之後，自言自語似地

說。

「肥了不少。從前真的是太輕浮了，把貓帶到教室裡，把課堂弄得亂七八槽的。」

過了三十幾年，連我都變得稍微穩重，那是當然的事；從前的恩師似乎仍然把我當成是三十幾年前滿臉青春痘的調皮小孩。

「以前的游泳池還在嗎？」

「還在呀！」

「校舍都變得漂亮了。我們那時候是木造的。」

在像軍營的木造教室的二樓，還記得曾和D組的調皮搗蛋鬼做過「別出心裁」的賽跑。三個人在二樓走廊的一頭排成一列，先尿出少許之後，緊抓著小鳥的前端跑向樓下的廁所。

「預備，起！」

我們拚命地跑。排在樓下的A組、B組的那些傢伙們，怕被尿尿撒到，如鳥獸般紛紛走避，慌亂中有的還撞在一起呢！

「快讓開——」

「尿尿撒到不可管喲！」

我們大聲地叫嚷，拚命從走廊的這一頭跑向另一頭，大家急忙躲進教室。

那一棟教室已經沒有了，那是在我四年級時發生的一場火災中燒掉的。那時正是暑假前期末考結束，我除了國語之外其他的科目幾乎全交白卷，想到領成績單就讓人頭大。就在明後天就要發成績單的那天早上：

「灘中發生火災啦！教室全給燒毀了。」

原來是校工為了想領位於教室旁自家房屋的保險金而放火燒的。

我趕到學校，看到燒得面目全非的教室（幸好！暑假前沒有師生受害），不禁叫了出來「好慘呀！」但再想到我的期末考卷和成績單也都在這場火災中被燒掉了的時候，還記得當時我曾小聲地說：

「校工，我感謝你！」

不過三十幾年後的今天，這所灘高中似乎已沒有這樣的劣等生了。我站在禮堂的講台上做了一場雜亂無章的演講；不過，學生們仍然很認真地聽著。要是從前的我，像這樣的演講準會在後面嘀咕：

「不知在胡扯些什麼！」

之後夢周公去也！

不要讓位給小孩

月台上乘客排成長長的隊伍，電車終於來了，好不容易有了個座位；心想：「還好！」總算可以讓上了一天班的疲憊身心休息一下；哪知在下一站或下下一站時，衝上來的媽媽和孩子就站在我座位前面。小孩看看我又看看母親的臉叫著：

「媽媽！人家想坐嘛！」

（擺明是要我讓位給他。）

他媽的，我花了好大功夫才排到的位子，哪有讓位的道理，趕緊閉上眼睛裝睡呀！於是偷偷睜開眼睛一看，小孩的母親正一直瞪著我看呢！

她的表情似乎在說：「你這個大人居然忍心看小孩站著而自己坐得舒舒服服的，一點愛心也沒有！」看看我毫無讓位的意思，就故意說些諷刺的話：

「阿進！我知道你想坐；可是，現在沒位子，還是忍忍吧！」

「阿進！你不要讓媽媽為難呀！」

心腸軟的男人可能就會站起來讓位給小孩（不！應該叫兔崽子），而小孩一副理所當然的表情趕緊坐下，連謝謝也沒一句。還不只這樣呢！穿著鞋堅持要坐在靠窗的位子，鞋上的泥巴弄髒了旁人的衣服，而媽媽竟然一副若無其事的表情。

類似這種經驗，我想大家都有過一、兩次吧！即使是大人，也不一定每個人精神都很好。有人可能剛好生病了，也有人已工作了一天而正疲憊不堪的；再加上在月台等了大半天才排到一個位子，實在沒必要把位子讓給小孩呀！

我在倫敦和巴黎搭巴士時，看到和日本完全相反的現象。外國人認為要培養小孩的平衡感，還是讓小孩站著好。在這裡，我要建議大家不要讓位給小孩；其實也不只是小孩，就是身體硬朗的老人，也不必刻意讓位。不過，對於抱著小孩的媽媽和病人，以及行動不便的老人時，還請務必讓位。

為了訓練小孩的平衡感，增進小孩的體力，還是讓小孩站站吧！總之，不要讓位給小孩！

旁聽生

時隔二十幾年後的今年四月下旬，多少重溫了考大學的滋味，及格呢？還是不及格？從前考大學時飽嘗春天的憂鬱，那時的狼狽與不安，說也奇怪，即使是到了現在的歲數，有時卻仍不免午夜夢迴，齊湧心頭。

標準的吊兒朗噹學生

我在等著慶應義塾大學旁聽生的審查結果。要當旁聽生雖然不用考試，但必須通過教授會的嚴格審查。

二十年前，我是慶應的學生，因此這次教授無疑的會調查我學生時代的出、缺席記錄，學業和操行成績。說實話，那時的我十足是個吊兒朗噹的學生，常翹課到附近的咖啡廳和人談打工的事。成績糟透了，託二次大戰後情況特殊之福，總算畢了業。

這次教授會要是參考我二十年前的出席記錄和操行成績，要通過恐怕很困難。

「這個男的不能讓他通過。雖說是慶應的畢業生，可是這樣的成績……。」

我心裡突然浮現出教授會中我所擔心的一幕，那不就是在說我嗎？

我覺得麻煩的是，要是不通過，本來就不聽我話的老婆和孩子豈不更變本加厲？

「好差勁啊！沒通過。哈！哈！羞羞臉！」

兒子免不了會譏笑一番。前年好不容易總算把他送到慶應的幼稚園，他要是知道老子連大學旁聽生審查都沒通過，準會高興得跳起來吧！這個討厭的調皮鬼。

「怎麼樣？沒問題吧！」我偷偷打電話給大學時代的學長白井教授。

「我想沒問題吧！不過，不到那時候誰也不敢說。」

「那——跟我以前的成績有沒有關係呢？」

話筒那一頭，傳來白井教授微微壓低的聲音：

「跟你的成績、你太太的成績，還有你兒子的成績或許都有關係。」

我想這只是玩笑話，不過還是有些不安。我太太也是慶應法文系畢業的，她的成績怎樣我心裡有數，至於兒子的成績，那就不談也罷了。

夫兄非父兄

我通過了！或許是同情我年紀一大把才給機會的；不過，嘴角仍不免浮現出得意的微笑。

我迫不急待地到教務處辦理手續。由於是學期剛開始，教務處前的隊伍排得好長。站在年輕的男女學生之間，總覺得難為情。學生們紛紛現出詫異的表情——這老頭是做什麼來的？

偶爾會有以前教過的老師從旁經過，為避免被發現，每次我總是低下頭來，把身體縮得小小的。

「嚇——你在這裡做什麼？」

我抬起頭來一看，太好了！站在眼前的正是我高中時代的同學——三雲夏生，現在是哲學系教授。從前我被老爸斷絕父子關係，在外半工半讀時，就是他每天請他媽媽多準備一份便當給我，後來還一起去留學呢！

「什麼？當旁聽生？你真多事啊！」

「不！我是認真的。」

三雲了解我的好學向上後，親切地到教務處拿了表格給我。

「這裡規定要填保證人的名字……我要寫誰的名字才好呢？」

「一般學生應該寫父母的名字，不過你……」三雲教授露出像是思考哲學大問題的嚴肅表情，「沒辦法啦，就寫你太太的名字好了，怎麼樣？」

「寫她的名字？」我不由得大叫起來。「你說找她當我的保證人？」

「不要那麼小氣吧！這有什麼關係呢？以前你還不是當過你太太的保證人嗎？」

三雲教授說的是實話。九年前我結婚時，妻還是三田（譯注：因慶應大學位於三田，故三田即慶應大學之代稱）的法文系學生，我只好充當她的保證人，成了她的家長。

我還記得參加妻的畢業典禮時，我到三田的山上，恭恭敬敬地坐在家長席上，旁邊盡是些老先生、老太婆，光是這樣就讓我感到難為情了。碰巧的是奧野信太郎教授經過，露出詫異的臉色。

「嗽！你怎麼在這裡？」

「我——」我滿臉通紅「我是來參加內人的畢業典禮的。」

老師笑著說：

「哦——這麼說你是夫兄而非父兄了！」

老婆是我的監護人

因為有過這樣的一段往事，所以三雲教授建議我保證人的地方寫妻的名字；可是我實在不喜歡那一欄底下的說明：「我以保證人身分負責監督該生謹守學生本分，不做出逾越之行為。」

我扶養的老婆今後竟反過來當我的監護人，這股不平的心情是很難壓抑的，但被三雲「曉以大義」之後，我勉強地在保證人那欄填上了妻的名字。繳了學費，事務人員在褐色的學生證上「ㄉㄨㄥ」地蓋上旁聽生的印章之後，一切手續完成了。

到了這把年紀還想到大學上課的理由有二：原先，我準備學西洋美術史。自從第二次到歐洲旅行後，我就有以「基督的臉」為主題，調查研究各時代繪畫、雕刻中，有關基督的臉變化的念頭。但是這方面的研究，首先需要有西洋美術的基本知識，所以才打算再到大學唸書。

不過，後來又覺得這方面的研究即使不上大學自己也能自修得來，於是改變主意決定當國文系（譯注：即日本文學系）的旁聽生。說來慚愧，我雖名為小說家，其實連「源氏物語」都沒讀完，現代語譯本雖然胡亂唸了一些，原文卻從未下過功夫。其他的古典文學亦如此，所以常被學長或朋友們罵我不懂日語。我想身為小說家應該唸唸古典文學，這是理由之一。

另一個理由是像我這樣吊兒朗噹的男人，還是一個禮拜去學個一、兩樣東西，生活才會緊湊些。因此，每星期三我跟三浦朱門到上智大學的奇斯立克老師處研究基督教，星期四到慶應義塾當國文系的旁聽生。

這麼一說，還以為我是很用功的男子；其實，還有第三個理由也一起招了算了！那是因為慶應有許多漂亮的女學生。我唸大學的那時期，女學生很少，而且盡是些醜八怪；但是這次到慶應一看，整個不一樣嘍！當然，還摻雜一些醜八怪，不過，有閉月羞花貌的，也有沉魚落雁的，硬說看了不賞心悅目，那是騙人的。要是有人看了這篇文章後也想當旁聽生的話，我建議你選擇有漂亮女學生的慶應。

翹課不划算

如此一來，對起得晚的我來說星期四是相當痛苦的。由於一般性的寫作和其他的雜事不能免，因此星期四非得早起預習、複習不可。也只有這天才能和很少一起用早餐的兒子一起。

「有沒有好好讀書啊？」

這小崽子模倣平常我說他的語氣。

「上學前，要注意不要忘了帶東西哦！不要遲到哦！知道嗎？」

「不要欺負你爸爸！」

兒子挨了他媽媽的罵；不過，他說的也是事實。從我家的町田到三田，開車需要一個半小時。課是一點開始的，不能遲到。

只是早上常有訪客。我和來客邊談事情時，腦中就反覆複習上星期的功課。我這次可是自掏腰包付了很貴的學費，跟伸手向父母親要的不同，翹課就太划不來了。

遲到也一樣，以前遲到個十分鐘從不當一回事，可是現在不一樣了。我是一家之主，還有個唸小學的兒子，在兒子面前可不能翹課、遲到。

一到十一點五十分，我就開始做準備了。

「實在很抱歉，我學校還有課。」

訪客表情一變。

「您也在教書啊」

「那裡，我是當學生。」

沒時間吃午餐，急忙拿起已放入書本、筆記簿、鉛筆的包袱巾就往外跑。

趕到三田，要是還有時間就趕緊從車中拿出麵包來啃，當作午餐，同時邊吃邊複習功課。

再次回到自己從前唸過的大學讀書，有著像是重訪孩提時代住過的地方的樂趣。那時候圖書館、禮堂都被燒得精光，連一本書也借不著。我曾在圖書館下邊和三雲幹過擦鞋的外快，那時的想法是：校內沒有收場地費的地痞，收入完全屬於自己的。

也不知成不成，我從火災現場揀了兩片瓦，把鞋油、牙刷和布放在上面等候顧客上門。慶應的學生們一個接一個地光顧我的生意，其中也有人說，大家都是同一所學校的學生，不好意思把腳伸出來，就自己動手擦鞋，然後把錢扔下。幼稚園的小朋友在後面吊著樹枝說：

「我們真幸福啊！不必像大學生那樣打工。」

第二天，這些小朋友們拆下國營電車的椅套，送給我當擦皮靴的布用。

慶應的學生沒有人不打工的。有人在皇宮前的廣場當挑石工人；高兩個年級的安岡章太郎穿著復員服，背著手提包到學校賣肥皂和其他東西。我呢？做些代人點名時答「有」或抄筆記的買賣。「嘿——」「有——」「來了——」「到了」，我一個人通常接受五個人的「訂單」，為了避免露出馬腳，還得熟練多聲帶才行。報酬方面我記得是一聲十圓。

學習的樂趣

「抄筆記」指的是考試前為因打工而無暇上課的同學抄筆記。這種工作很賺錢，每到考試前訂單大量湧到，我們三個人把毛巾綁在頭上，將訂單全部消化了。那時候還沒有影印機，所以同樣的東西抄五遍下來也都記得了，這對我來說真是一舉兩得呢！

經過校門時，學生時代的種種回憶湧上心頭。那時候哪有像現在這麼多的漂亮女學生，有的盡是些醜八怪；不過現在不一樣了。圖書館、研究室一應俱全。只可惜的是，女學生們對我這樣的老頭根本看不上眼，與高采烈地和年輕的男同學一塊兒走了，讓我這年紀大的旁聽生感到又羨慕又嫉妒。

行止匆忙的學生，在走廊擦身而過時還會向我點頭；大概以為我是老師吧！上課時間是整整兩個小時。讓我感動的是現在的學生，不知是否因為是研究生的關係，跟我那時候相比，的確非常用功；或者是因為圖書館、研究室一應俱全的關係呢？

根據我的經驗，我建議一般社會人士多多以輕鬆的心情來當旁聽生。真正的大學生時代，往往把大學當成是拿學位的地方，或是為了就業而讀書；不過當了社會人之後，再唸書就容易享受到一種純粹為「學習而學習」的樂趣。

第一，要是各位都不來，在目前的情況下，像我這把年紀進入只有年輕人的教室實在感到很難為情。我在法國留學時，那邊的大學常有為數不少的中年男女摻雜其中，為什麼我們不能像那樣子，誰都可以輕鬆自在地到大學聽課呢？

因此，我也想拜託大學方面，希望能多收些旁聽生；還有學費希望也能降低到以一般薪水階級的零用錢就付得起的程度。像現在的學費標準，對薪水階級而言，還是很令人心疼的。

有兩次，我拿學生證向電影院售票小姐購買學生票看電影，國鐵方面還沒有使用過。我到銀座的一家酒吧，問：

「學生有沒有優待呢？」

那一家的媽媽桑回答：

「這裡不是學生該來的地方，回去吧！」

多和東南亞留學生交往

這是老早老早的事。二十五年前，我第一次到法國留學時，在開學前的暑假期間，寄居法國人家中。

那個家庭與我毫無關係。某個星期日，這家人在教會聽神父說：「有個日本留學生來到鎮上，他沒有親戚和朋友，不知道是否有人願意接待他？」就這樣子我被收留了。

當時日本還是戰敗國，在法國沒有大使館也沒有領事館。巴黎的日本人寥寥可數。在那種情況下，對收留我這不知是張三或李四的法國家庭，我永遠忘不了！

他們連一毛錢也沒向我要，完全把我當客人看待；不但給我個人房間，而且邀我和他們一起吃飯。他們並非是對日本有特別的好奇或興趣，根本也沒想過收留日本人會有什麼好處，純粹是出自內心的好意。

人往往因第一印象而喜歡上某人或某個國家。後來，長長的歲月流逝，我對法國人的美好回憶與印象至今仍未改變；那是由於這家人對我的親切。旅法期間，儘管也有些厭煩的事發生，但不會打從心底討厭，這也是因為這家人的緣故。我跟這家人至今仍有書信往返。

我為什麼談這些呢？因為現在日本也有許多國家的留學生來。有從歐洲、美國來日本唸書的學生，而東南亞留學生的人數也不少；跟他們交談後，才發現他們的日本朋友意外的少。他們說日本人喜歡和歐洲、美國的留學生接近，而不太喜歡接觸東南亞的留學生。

我自己親身經歷過留學生孤單一人的寂寞，留學生不但需要有家庭式的溫暖，也需要有當地的朋友。

為了東南亞的留學生，即使兩個月一次也好，如果有家庭能請他們到家中享受一下家庭的溫暖，他們不知會多高興呢！而且也會跟我一樣，永遠以善意的眼光看待日本吧！如果有人願意，東京駒場有留學生宿舍，希望能打電話過去邀請。特別是招待一些東南亞的留學生到家中吧！

順便一提，ＹＭＣＡ有「留學生之母」的組織，有部分家庭主婦已開始在做類似的「國民外交」了。

遠藤周作的《深河》

有的作家，每一部作品各有主題；有的作家以不同作品對同一主題作深入的探討，日本小說家遠藤周作即是。

遠藤的嚴肅性小說系列中，《深河》是繼《醜聞》之後相隔七年完成的作品，一般認為是其「集大成」之作。

「深河」是指印度河的恆河，在此河畔，死者的屍體被焚燒，屍灰流入河中，死者的靈魂會在來世復活；一般人們則在屍灰或屍體漂流的恆河中沐浴、漱口，祈求來世的幸福。幾個日本旅客體驗到這種衝擊性的光景，認為恆河是「深河」。這條河給予旅客目睹水中食物和穢物混在一起的污穢感，卻也產生奇妙的吸引力。

小說是從磯邊的妻子罹患癌症面臨死亡之際開始寫起。妻對靠近身邊的磯邊說，自己一定會在世界的某處轉世，囑咐他一定要去找尋，磯邊因此參加了印度旅行團，尋找其妻轉世的少女拉滋妮．普妮拉爾。

磯邊在旅行團中遇到了成瀨美津子，她是其妻癌症末期時到病房看護的義工，談到美津子，遠藤在《深河》中賦予她誘惑者的角色。學生時代因美貌常有大批的男學生圍繞她身邊，其中有一仰慕者大津係天主教大學的學生，個性木訥、畏縮，美津子故意引誘他，告訴他如果放棄祈禱即當他的女朋友。大津敵不過美津子的誘惑，終於放棄每天的祈禱；然而，美津子在只讓大津愛撫三次之後，即驅之出局。大津準備當神父，到法國里昂。美津子後來與建築公司老闆的兒子結婚，蜜月旅行選擇法國，卻與夫婿走不同路線，訪莫里哀小說舞台的村子，在里昂遇到大津。

大津對天主教教義感到疑惑，一直尋找著「適合日本人的基督教」，後來「流落」到印度的恆河畔，為半路倒地不起的貧窮人服務——背他們到恆河，而自己又住在印度教的宿舍。大津雖是基督教的神父，卻認為各種宗教的形式，其實都是指向同一終點的不同道路。

遠藤將大津每天重複著背負病倒路邊的老人的姿態比擬為耶穌．基督。換句話說，大津幫助瀕臨死亡的人，雖然與耶穌．基督救人的奇蹟不同；但其對最下層的民衆給予無私的「愛」卻是一樣的，所以在大津的內面世界有著耶穌的「轉世」，也就是愛。恆河是混合了所有聖、俗、美、醜及不潔的東西，使生者潔淨，死者獲得永遠的、安慰的「母性之河」。愛是人、動物、一切生物的根本，在這裡恆河被賦予形上的意義。在《深河》中，遠藤的思考框架雖然設定在天主教上，但卻從亞洲式的自然之「母」中尋找，以「愛」為辯證焦點。

對於作品中飄散著的佛教式的輪迴轉生觀念，遠藤自己的解釋是：聖經中除了復活的概念之外，也記載著轉生的概念。

大津的「愛」的實踐、行為，讓美津子受到感動，作出祈禱的「模倣」：她握緊五根手指，往火葬場尋找大津的影子。

「能相信的是，每個人都有背負著各自的辛酸，在深河中禱祈的是這光景。」美津子內心的語調不知何時變成祈禱的語調。「河，包容他們，流動者。

人間之河。人間的深河的悲傷，我也摻雜其中。」

我們再回顧一下遠藤嚴肅性小說系列。曾獲芥川獎的《白色人種》，探討東西方文化的異同，兼及西方的種族歧視問題；其代表作——也是擁有最多讀者的《沉默》，則說明神並非沉默，以及基督教不適合東方社會的種種文化問題；《海與毒藥》藉二次大戰中日軍以美軍俘虜進行人體解剖的事件為素材，譴責日本人無「罪」的意識，即無神存在的意識；而《醜聞》則以類似偵探小說的手法，探討人心深處無意識中的另一個「我」，在這部小說中，遠藤已企圖並且實際找到了不同宗教，即天主教與佛教之間的共通處。《深河》與上述這些小說不同的，除了前述的天主教中也有「轉生」觀念之外，值得注意的是一神教與汎神教的看法。

遠藤在初期評論〈諸神與神〉中，痛切指出一神教與汎神教之對立，之後，他多數作品中也探討到此問題；但現在的遠藤則認為「一神論中包含汎神論。例如法國的卡爾特大聖堂中的聖母瑪麗亞像，是土地的女神，在農耕民族就是到處可見的大母神。即使是西洋的基督教也是許多東西重疊之後才有教會的。從日本的天主教歷史來看，也含有佛教、神道的成分，但自認為是天主教。因此，純粹的天主教，依我之見，根本不存在。」依這種見解，不知遠藤是否會擔心招來神父的責備？

文學的最高境界，如果是思想的呈現，那麼我們或可說：遠藤做到了。

拓展小說新領域的鬼才

大江健三郎

（一九三五年一月三十一日～）

大江健三郎在作品中，
不斷嘗試以新的方法，
開創出小說語言的可能性，
使得他的小說風格特立，深受矚目。
而大江對整個世界、人類乃至宇宙的關懷，
更使他成為國家級作家，
榮膺諾貝爾文學獎。

國人對諾貝爾的反應與關心一向非常強烈，如果在幾位日本國際級作家：遠藤周作、安部公房、大江健三郎中預測誰可能獲獎，依我之見當屬大江健三郎，其次是遠藤周作，最後是安部公房。

遠藤周作雖多次列入候選名單，但他除了純文學作品外，尚有為數不少的中間性小說，這點對他較不利；這和不久前辭世的英國天主教作家葛林一樣，年年有希望、次次都落空。

至於安部公房，雖有「砂丘女」、「他人之臉」、「綠色的絲襪」等傑作，但已有數年未有好作品（其實也寫得很少）問世，大大降低了可能性。

而大江健三郎寫作不輟，一直嘗試著以新方法尋求突破，況且年紀又不大，這些都是大江健三郎被看好的有利條件。

（這段文字最早發表於已停刊的《日本讀者文摘》，當時，大江健三郎並未獲諾貝爾文學獎，而遠藤周作也健在。已逝前天普大學、提倡生死學的傅偉勳教授看了我這段文字之後，每年回台必找我聊天喝酒。猶記得辭世的那年暑假，兩人在敦化南路的遠東大飯店壹咖啡用餐時，他說買了不少日文文學史書籍準備撰寫日本文學史……。哪知返美不久後傳來癌症惡化辭世消息。令人不勝唏噓！）

《他人之足》

自由與絕望共存

大江健三郎於一九三五年出生於愛媛縣大瀨村（現內子町），在戰火熾烈中度過孩提時代，不久，日本戰敗，緊接著是父親意外死亡，對十歲的少年產生了很大的影響。後來就讀與正岡子規、夏目漱石有關的松山高中（前身松山中學），嗜讀小林秀雄、花田清輝及戰後派的作品，最喜歡石川淳的作品。

一九五四年，大江健三郎入東京大學，翌年於東大教養部學友會雜誌「學園」發表「火山」，獲銀杏街道樹獎。一九五七年參加東大新的文學獎徵文，以「奇妙的工作」獲獎；評論家平野謙於「每日新聞」文藝時評中評「富現代性的藝術作品」，大江因而倍受文壇矚目。同年以「死者之奢」被列為芥川獎候選作品，是年又發表「他人之足」、「偽證時」等；以學生作家的身分在文壇大海中漂亮出航。

「他人之足」是設定在一所脊椎骨傷療養所，有一群患病的少年男女在粘液質很厚的壁中，宛如沒有外界存在似地過著開朗的生活。少年們滿足於護士給的小小的性的快感。然而，當「學生」進入後，整個情況完全改變。他呼籲大家改善生活，了解世界，討論戰爭所構成的威脅等，提倡和平而且逐漸有了效果；最後，無法進入圍繞在「學生」周圍圈圈的，只有「我」和「自殺未遂的少年」兩人。

然而，某日「學生」的態度突然轉變。當「我」知道自己的腳治癒不了時，「我」的希望和人道主義如有漏洞的氣球般萎縮，最後又和大家一樣回到壁中原來的消極性滿足。

這個諷刺性故事，事實上是戰後日本「知識份子和政治」的寓喻，象徵著當時的知識份子處於「非戰鬥不可，卻在壁中」的狀況。其實，「他人之足」除了上述寓喻之外，虛構中的「我」因係處於監禁狀態，所以強烈地吸引住讀者。在「我」的身上，自由與絕望共存，這是大江健三郎初期以「監禁狀態」為軸開始的自我表現的主題。

《飼育》

奠定新世代作家地位

一九五八年以「飼育」獲第三十九屆芥川獎，評論家江藤淳認為出現了以理論、思想為支柱的動態抒情家，對大江大為激賞。「飼育」奠定了大江身為新世代作家的地位。同年發表的「摘芽擊仔」是大江最初的長篇小說；故事背景是二次大戰末期，感化院的少年們疏散時受疫病侵襲，唯一的通路也被封鎖，處於完全的孤立狀態，打算在那裡建立自己的王國，然而這計畫因村民回村而幻滅了。

換言之，這是將少年們的戰場主題化的作品。

大江健三郎於一九五九年從東京大學法文系畢業，畢業論文題目是「論沙特小說中的影像（Image）」。由中央公論社出版的「我們的時代」，首次有意識地將性融入小說的世界。一九六〇年二月，與電影導演伊丹萬作的長女（伊丹十三之妹）結婚。五月參加第三次訪中日本文學代表團，與開高健、野間宏等訪大陸。

《個人的體驗》

成長為長篇小說作家

大江健三郎雖以短篇小說登上文壇，然而他的真正本領在長篇小說。二十五歲之後，一九六四年的「個人的體驗」及一九六七年的「萬延元年的足球」兩部長篇小說的問世，向世人證明他已成長為規模宏大的長篇小說作家。

「個人的體驗」獲第十一屆新潮文學獎，介紹到外國，視為大江的代表作。

故事的梗概是：主角「鳥」二十五歲時結婚，本來志在當大學教授，後因沉迷於杯中物而淪為補習班老師，因不安而想逃避人生；妻在醫院產下有腦疾的男嬰，雖然醫生建議處理掉，但「鳥」考慮後仍接納了自己的孩子。這是探討在下定決心之前內心矛盾、掙扎的過程，此外還微妙觸及到性的問題。後來讀者才知道，產下有腦疾小孩的設定，其實是來自作者本身智能不足的長男的「個人體驗」，這個體驗讓大江文學產生巨大的轉變。

一九六七年的「萬延元年的足球」獲第三屆谷崎潤一郎獎；內容描述四國谷間地方出身的兄弟在一九六〇年安保鬥爭失敗，懷著挫折感回故鄉，追憶百年前百姓造反的故事……。一九七三年發表的「洪水影響到我的靈魂」，獲野間文藝獎。大江把反核思想融入虛構世界中，同時還把神話、文化、人類學中的暴力，以及救贖、犧牲等象徵性意象和故事直接串聯起來，作品受到大衆矚目。

《萬延元年的足球》

大江的大學遊戲

大江這種始於「萬延元年的足球」，在「同時代遊戲」中建立了規模宏大的虛構宇宙——在墨西哥的哥哥給雙胞胎妹妹的六封信構成的長篇小說。把六封信連接起來，浮現出四國地方深山的村＝國家＝小宇宙的歷史與神話，和從江戶到明治的日本歷史相對；另一方面，在村＝國家＝小宇宙的主題中也探討死與再生的問題。

大部分評論家對這部作品都給予很高的評價，但如三田誠廣所指的，如無民俗學或文化人類學等知識，即無法參加大江的這類遊戲；而具有這方面知識，能夠參加的讀者人數極少。

大江在與清水徹的一場對談中，曾提到做過這樣的夢：搭新幹線的年輕人看「同時代遊戲」，神情開朗，每頁都發笑；這也說明了這樣的夢在現代是不可能實現的，大江的苦澀相信也在這裡吧！

《聽雨樹的女人們》

宇宙樹的再生

「聽『雨樹』的女人們」，事實上是由下列五個短篇組成的：

頭腦好的「雨樹」——一九八〇年一月發表於「文學界」

「聽「雨樹」的女人們」——一九八一年十一月發表於「文學界」

「雨樹」的上吊男子——一九八二年一月發表於「新潮」

倒立的「雨樹」——一九八二年三月發表於「文學界」

游泳男子——水中的「雨樹」——一九八二年五月發表於「新潮」

前後歷經兩年多的五個短篇，每篇獨立卻又篇篇相扣，緊密地連結成一體。

作家河野多惠子讚賞說：「作品常保持複眼，有立體感。在充實的內容裡有著不可思議的餘裕，有時會不自覺地笑出來。」

大江將「頭腦好的『雨樹』」置於「聽『雨樹』的女人們」的卷頭，中心的影像不用說是「雨樹」，在象徵宇宙論的一棵樹身上，看到了各種神話如「舊約創世紀」、伊甸園正中央的「生命之樹」，大江健三郎創造出暗喻現代危機與再生的宇宙樹的影像（Image）。總之，這部作品是利用文化人類學的觀點擴張而成的，或許文化方面的價值。

一般而言，大江健三郎的作品較難了解，這是因為他在作品中溶入了自己的宇宙觀、性、人類的終極觀……等，還不斷嘗試以新的方法，企圖開創出小說語言的可能性。對整個世界、人類，乃至宇宙的關懷，在現代日本作家中並不多見，相信未來大江的文學創作會更豐富，文壇地位更為崇高，是值得重視的日本代表性作家之一。

以人類的痛楚鉎鑿希望

大江健三郎獲諾貝爾文學獎之後，日本政府有意頒發給文化人最高榮譽的文化勳章，但是，大江拒絕了。理由是文化勳章與政治主體關係密切。在這之前，大江曾公開表示反對日本藝術院凌駕在文壇之上，瞧不起以被選聘為藝術院院士為目標的作家。

文化勳章是由文化功勞者當中選拔出來，而文化功勞者名單是由日本藝術院選定的。

大江雖然以政治關係密切為理由拒絕接受文化勳章，並不表示他對政治毫不關心，相反的，他是一位入世非常深的作家，對政治表現出高度的關切，也反核，認為核子武器是由人類製造的最邪惡的部分凝縮而成的；然而，他不直接參與政治活動，曾說：「我不同意在政治之前文學無力的看法；我不懷疑透過文學可以參與政治的看法。」

日本的文學，一直保持獨立狀態，或許與有這類特立獨行的文學家的存在不無關係吧！

以下就大江文學作一掃描。

到一九九四年獲諾貝爾文學獎為止，大江文學大略可分為三期：

第一期（一九五七——六三）從《奇妙的工作》到《個人的體驗》

一九五七年，當時還是東大法文系學生的大江應徵「五月祭」徵文；入選，刊於《東京大學新聞》，平野謙於《每日新聞》稱其為「現代的藝術作品」。

五八年以《飼育》獲第三十九屆芥川獎，正式踏上文壇，與石原慎太郎、開高健被稱為新時代的旗手。《飼育》中可見沙特存在主義的影子，但是，表現出思想、理論的文體則受到激賞。

《死者之奢》（一九五八）、《人間之羊》（同）、《芽むしり仔擊ち》

（同）等作品的一貫主題是「思索在被監禁狀態、在封閉的四壁中生活的狀態」，這裡所謂的「監禁狀態」是一般社會所說的閉塞狀態；也是看穿虛構的「社會主義」產生的一種斷絕感。

長篇《我們的時代》（一九五八）描繪生活於都市的青年姿態；《性的人間》（一九六三）、《日常生活的冒險》（一九六四）等作品可見青年鮮明的叛逆、陶醉、冒險等活動，然而在語言的深層，似乎可聽到與喊叫聲重疊的、深沉的「沉默響聲」。

第二期（一九六三──七五）從《個人的體驗》到《同時代的遊戲》

一九六三年，長男光出生，卻罹患先天性腦疾。大江在是否為孩子動手術之間痛苦掙扎，不動手術則孩子無法生存；動手術也只能維持生命的延續，無法恢復正常，將來一輩子為照顧小孩必須付出大的代價。

這時候，他到廣島採訪了原子彈爆炸後的受害者，了解當時的慘狀。遇到廣島原爆病院院長重藤文夫，告訴他爆炸後的人間地獄的慘狀，而重藤本身也是受害者，但是身為醫生，促使他不顧自己卻去醫治瀕臨生死邊緣的人。他鼓勵大江接受現實。（活生生的描述，載於《廣島．筆記》）大江因此下定決心要一輩子好好照顧兒子。以光為模特兒寫成的《個人的體驗》（一九六四）獲第十一屆新潮社文學獎。

由於廣島之行，核子武器帶給人類的大害慘狀，深深烙印大江腦中，從此大江一生反核。大江在這背景下後來發表了《核時的想像力》（一九七〇）、《核之大火與「人」的聲音》（一九八一）、《從廣島到廣島》（一九八二）等。

然而，大江為什麼非到廣島不可呢？廣島，在他的文學產生了什麼作用？他在《廣島．筆記》中說：

我對廣島，真正像廣島人的生活方式與思考，留下深刻印象。他們直接給了我勇氣，但是，反過來說，也將深埋在玻璃箱中的，我與兒子之間產生的一種神經性種子、頹廢的根，從深處挖出來，那種痛楚，我嘗到了。而且，我開始把廣島和這些真正的廣島人當做一把銼子，檢驗我內部的硬度。

也就是說，從個別的「個人的體驗」，經過從體驗到經驗的過程之後，大江必須把它轉換，提升到人類共同的經驗。

在第一期的《摘芽擊仔》中，大江以山谷間的村子為舞台，構築了以子孫為中心的汎神論世界，但也暗示著要脫離此地。第二期中的《萬延元年的足球》（一九六七，獲第三屆谷崎潤一郎獎），大江又回到山谷間的村子。描述在這兒出身的蜜三郎與鷹四兄弟，於一九六〇年安保鬥爭中失敗，懷著挫折感返回故鄉，追憶百年前百姓造反的故事……。

這一系列，到了《同時代的遊戲》（一九七九），發展成為規模宏大的虛構小宇宙。山谷間的村子＝國家＝小宇宙，是一種烏托邦。在這裡「破壞者」出現，是為了建立新世界，需要對舊世界作徹底的毀壞。在這小宇宙中，大江也探討死亡與再生的問題。

此外，一九七三年發表的《洪水影響到我的靈魂》，獲第二十六屆野間文藝獎。在此，大江把反核思想融入虛構世界中，同時與神話、文化、人類學中的暴力，以及救贖、犧牲等象徵性意象結合在一起。

評論家川西政明指出大江想像力的基督是「洞穴・地下室」。從《飼育》的地下倉庫，到《摘芽擊仔》的山谷間村子、《個人的體驗》中的火見子的房間，《萬延元年的足球》的地下儲藏室，到《洪水影響到我的靈魂》的地下冥想室，這種「洞穴・地下室」與日本人精神的深層相連，另一方面也是朝向未來的精神創造的根據地。

第三期，從一九八〇到一九九四年為止

在這期間，大江把個人的體驗設定在以故鄉愛媛縣喜多郡內子町大瀨村為模型的虛構山村，描繪在這時代人類共同遭遇的苦難，探討靈魂的救贖，生與死共存的問題。

重要作品有一九八三年獲第三十四屆讀賣文學獎小說獎的《聽「雨樹」的女人們》，這是由五個短篇組成，每篇可單獨閱讀，而篇篇相扣、緊密結合成一體，中心的意象是在「雨樹」，在象徵宇宙論的一棵樹上看到了各種神話，如舊約的創世紀，伊甸園中的「生命之樹」；大江創造出暗喻現代危機與再生的宇宙樹的意象。

此外，尚有一九八三年的《新的人呀！覺醒吧！》，獲第十屆大佛次郎獎，一九八四年的《被河馬咬到》（短篇）獲第十一屆川端康成獎，後來發展成由八短篇組成的長篇，名稱不變。一九八〇年的《給懷念的年代的書信》，八九年的

《人生的親戚》等較重要作品。

近作《燃燒的綠樹》三部作，第一部《到「救世主」被毆為止》，第二部《搖動》，已出版。第三部於《大的日子》。這是大江文學的集大成者。大江稱它（們）是他「最後的小說」。在這三部作品中，大江探討的是死亡與再生，靈魂與肉體的關係，以及靈魂的救贖等問題。「燃燒的綠樹」取自葉慈詩句，代表著靈魂與肉體共存的暗喻。

大江作品中，儘管常觸碰人類的傷痛處，但是，對於未來仍給予希望和期待。如他說的「偶然與必然、歷史與現代、一瞬與永遠等，某種矛盾共存的是人類、是世界」（一九九三）也表現出一種諦觀！

後期的工作

一九九五年，《燃燒的綠樹》完結，一九九九年開始撰寫《翻筋斗》。之後的創作活動，大江自稱是「後期的工作」。

因伊丹十三之死而寫的《換取的孩子》（二〇〇〇年）、《憂顏童子》（二〇〇二年）、《再見，我的書呀！》（二〇〇五年），都有「奇怪二人組」登場的三部作。三部作的最後《再見，我的書呀！》，將三島由紀夫戰後的問題與自己的人生重疊，且回歸登上文壇之作《奇妙的工作》的複雜結構。在三部作之間，二〇〇二年發表為小孩撰寫的《二百年的童子》、二〇〇九年發表《水死》。

後期的工作，大江自身也意識到重覆過往虛實交錯的手法，《水死》裡亦有自覺之語。

二〇〇六年設立大江健三郎獎，二〇〇九年來台訪問，參加中研院舉辦的研討會和誠品書店的簽書會，由筆者林水福主持。

日本傳統美的代言人

川端康成

（一八九九年六月十四日～一九七二年四月十六日）

什麼是日本人傳統美意識？
川端康成的小説，最容易領悟。
這位日本第一位得過諾貝爾文學獎的作家，
七十三歲時以瓦斯自殺；
然而，日本戰敗之際，
他就說：
『我已經是死了的人，除了日本的美，
今後我別無想寫的了。』

一九六八年，川端康成以「雪國」、「千羽鶴」、「古都」等作品獲諾貝爾文學獎。這是日本人至目前為止唯一的諾貝爾文學獎得主。得獎理由是「以優異的感性，表現出日本人心靈的精髓，其敘述極為巧妙。」

少年時代孤苦無依

川端康成生於一八九九年六月十四日，父榮吉係開業醫生，上有一姊芳子。一家和樂。然好景不常，川端二歲時父死於結核；一年後母亦隨父之後，魂歸西天。川端由祖父母撫養，姊芳子寄居伯父家，雖暫有安身之地，但屋漏遍逢連夜雨，一九〇六年秋，時川端八歲，當柚子染黃時節，祖母撒手人寰，三年後姊亦告別人世。至此，川端與眼盲的祖父相依為命，雖有親戚、鄰居接濟，過的是暗澹陰沉的日子。

一九〇六年，川端入小學，開學典禮時對世上竟有這麼多人感到吃驚，竟嚇得哭出來。後來，常躲在家中，避不上學，任憑村中同學一再呼叫，硬是不回聲，由此可知川端幼年是多麼內向、孤獨！

孤兒意識是創作底流

一九一二年川端以第一名成績入大阪府立茨木中學。閱讀範圍廣及「新潮」、「新小說」、「文章世界」、「中央公論」等，祖孫二人常因書錢而大感困擾。一九一四年，唯一的親人也撒手人寰；祖孫情深，川端在祖父逝世後兩次流鼻血。川端的幼少年時期是這般情境，自然而然形成受恩惠者性格，即孤兒的性格。這種孤兒的性格，以及想擺脫孤兒的性格，後來在相當時期內是川端作品的主題或成為底流。

一九一七年，川端考入第一高等學校。第二年秋天，首次到伊豆旅行，在往湯之島的下田街道上，認識了三個賣藝走江湖的女孩，這是後來川端「伊豆的舞孃」的故事原本，並改拍成電影。之後，大約十年之間，川端幾乎每年都到伊豆的湯之島來。

川端入東京帝國大學是一九二〇年，本來是唸英文系，後來轉國文系（日本文學系）。大二時認識十六歲的少女美智子，論及婚嫁；當時「新思潮」雜誌的同仁們還為他舉辦「告別單身會」呢，哪知後來女方竟寄來乙紙拒婚信。這件事對川端打擊很大，在「篝火」、「非常」、「霰」、「南方之火」、「明日的約定」、「碧海黑海」、「伊豆的歸途」、「給父母的信」、「鋸與生產」、「往火裡去的她」等文章，都可見到這件事的影子！

「文藝時代」的新感覺派

大一時，川端與「新思潮」同仁拜訪菊池寬，後來長期受菊池寬的照顧。川端成名之後，提攜後進不遺餘力，成為文壇佳話，有「發掘的名人」之美譽。

大二時，在菊池寬家中認識了橫光利一。在「新思潮」上發表「招魂祭一景」，受菊池寬的讚賞，奠定了川端在文壇上的地位。一九二三年菊池寬創「文藝春秋」，川端加入，於創刊號上發表「林金花的憂鬱」。

一九二四年川端提畢業論文「日本小說史小論」，與橫光利一、片岡鐵兵、中河與一、今東光等創辦「文藝時代」雜誌，擬創造新的文體。

「文藝時代」即新感覺派的雜誌。川端後來將發表過的三十五篇「掌中小說」集結成書，以「感情裝飾」之名出版，展現新感覺派的成果。談到川端的掌中小說（或稱掌編小說），創作的靈感來自法國短篇小說（conte）的概念，但未有任何限制，不似法短篇小說著重在諷刺、矯揉做作上。川端甚至希望有朝一日掌中小說能像和歌、俳句、川柳般成為市井小民的產物。川端的掌中小說精緻，但少部分不易體會出其中深意，值得再三咀嚼。

「伊豆的舞孃」是川端在一九二六年發表於「文藝時代」的作品。雖然發表於新感覺派的雜誌，並無新感覺派的矯飾痕跡。它的基調是旅行的漂泊感，文中雖也以「我」第一人稱敘述，但不同於「私小說」的「我」，是類似物語敘述者的「我」，將「我」所看到的、感受到的讓舞孃充分表現出美來。「伊豆的舞孃」可稱為一篇美麗的抒情詩的青春物語。

「現實」與「非現實」對話

川端於一九三三年在「改進雜誌」上發表「禽獸」。這是一個討厭人群的單身男子飼養小鳥和狗的記錄，也是一部異色的心境小說。因為作品中並無實際的生活記錄，是抽象化的心境描述。川端利用不斷浮現的聯想巧妙地將全篇緊密地連結起來；其中的虛無思想來自幼時親身的經歷，以及佛教思想。

在「文學的自敘傳」中，川端說：「我相信東方的古典，尤其是佛經，是世界最大的文學。我尊重佛經並非因它是宗教性教訓，而是因它是文學性的幻想。」

菊池寬於一九三五年為紀念好友芥川龍之介設立芥川獎，川端受聘為評審委員之一。三九年川端也擔任菊池寬獎評審委員。一九三七年「雪國」在未完成的情況下，即與尾崎士郎的「人生劇場」同獲第三屆文藝懇話會獎。「雪國」寫作時間從一九三五年到四七年，前後長達十三年。

穿過國境的長長隧道，便是雪國了。夜之底變白色，火車在信號所停下。

這是「雪國」的開頭部分，已成名文。讀者會不由自主隨著火車穿過長長的隧道，自然接受作者情節的安排，甚至把自己當成小說中的人物。雖然隧道的這邊與對面兩者都是「現實」，可是感覺上這邊是現實，而故事即將展開的對面是「非現實」。事實上，「雪國」即是站在如開頭部分營造的看似現實卻非現實，說是非現實卻有現實影子的氣氛中，描述島村與駒子、葉子，駒子、葉子與行男之間的四人雙重三角關係。作家伊藤整也認為，「雪國」是川端登峰造極之作，是近代日本小說的古典。

繼承日本傳統文學主流

一九四八年川端獲選為日本筆會會長。五三年以「千羽鶴」獲日本藝術院獎。「千羽鶴」是一部未完的中篇小說，發表於一九四九年至五一年之間。「千羽鶴」和「山之音」本來計畫是刊登乙次的短篇小說，後來因「餘情」未了而又接下去寫的。

「千羽鶴」的寫作動機是川端目睹一位參加鎌倉圓覺寺茶會的女孩而引起的，但是，真正的契機是日本戰敗，加深了川端身為日本作家的自覺，有責任承續日本的傳統美。日本戰敗之際，川端曾說：「我已經是死了的人；除了日本的美，今後我別無想寫的了。」然而，藉千羽鶴——傳統日本美的象徵之一——寫成的「千羽鶴」卻是以反諷手法，對現代日本茶道的繁文縟節提出批判。

川端後來獲聘為日本藝術院會員；五七年渡歐，與T．S．艾略特（Eliot，英國詩人、評論家，有詩「荒原」等）、F．摩略克見面。六一年「睡美人」獲每日出版文化獎；同年獲日政府頒發文化勳章。七〇年六月出席在台北召開的亞洲作家會議並演講。七二年四月十六日晚，以瓦斯自殺。

川端幼少年期的孤獨，以及從平安朝女流作品中汲取到的傳統日本美的意識，後來成為川端文學的底流。儘管川端也向西洋文學吸收了不少養分，但它的骨幹仍然是日本的、傳統的，這也是他獲諾貝爾獎的最大理由。

因其不純粹，而成就了美——

川端的王朝與非王朝

王朝指的是日本平安朝時代（八——十二世紀），在日本文化史及文學史上，王朝具獨特而重要的地位，是日本文化、文學的傳統所在。

日本近代以來的作家，鮮有未受到王朝影響者，即如最近幾年引起西方廣大興趣的三島由紀夫而言，也流露出王朝的痕跡；此外，如芥川龍之介、谷崎潤一郎、堀辰雄、丹地文子等，均可見王朝在他們心中紮根、開花的情形。川端康成是個佳例。

一、王朝部分

川端二歲喪父，三歲失母，由祖父母撫養長大。八歲時祖母撒手人寰，十一歲寄居伯父家的唯一親姊姊芳子亦告別人世，這種幼年、童年所經歷的「孤兒」

生活，形成川端內向、孤獨的個性。小學時遍讀圖書館中藏書，親近《源氏物語》、《枕草子》等平安朝女性作品，雖然他對書中意思不甚了解，但是平安朝女性作家的特殊感性和美意識，從字裡行間、自文章的律動中逐漸滲入少年川端的心靈深處，直至永遠。川端成名後曾說過：「少年時代讀過的書，就像無意義的歌曲；然而那些歌曲的旋律，卻在心中迴旋，始終忘不了。」川端文字中，對光和色彩、聲音等表現出極其敏銳的感覺，也是少年時期孕育出來的吧。

第二次世界大戰後，川端曾談到：「我已經是死了的人；除了日本的美，今後我別無想寫的了。」《千羽鶴》寫作的動機是川端目睹一位參加鎌倉圓覺寺茶會的女孩而引起的；但是，真正的契機是日本戰敗加深了川端身為日本作家的自覺，有責任承續日本的傳統美。川端在《千羽鶴》中，描繪的是「滅亡之美」；但是，同時也對現代日本茶道的繁文縟節提出批判。在《千羽鶴》中，三谷菊治和父親都跟太田夫人有過肉體關係，讓人聯想到《源氏物語》中，桐壺帝和兒子光源氏與藤壺的關係。此外，在氣氛上，《山之音》（一九五四年）的主角尾形信吾可能和《源氏物語》中的光源氏更為接近。

支撐著《源氏物語》典雅世界的如竹西寬子所說的不是幾種樣式重疊、互為關連的男女之愛，而是光源氏無可言喻的孤獨。光源氏與多位女性交往，如果只是風流成性，也就沒有什麼特別了；然而，光源氏是因為處在無可言喻的孤獨之中，和異性交往以求得溫暖，但是仍然無法治癒那深深的孤獨。

《山之音》中，信吾與妻保子的婚姻生活開始時即活在虛假的世界，只有藉著憧憬填補空白，然而憧憬本是虛幻之物，又如何填補得了空白呢？這種自覺與認識造成信吾深深的孤獨，也是作品世界的核心。在這意義上，《山之音》所受到的《源氏物語》的影響，恐怕要比《千羽鶴》來得深遠。

川端作品中，歡樂與悲哀、陶醉與覺醒、清潔與污穢、纖細與粗糙等對立的概念融合在一個世界之中，整體呈現出清澄的明朗氣氛，飄散出一種香氣，這些或許就是王朝的東西！

二、非王朝部分

進一步說，川端作品中的王朝並非只有單純的王朝，而是王朝的東西與非王朝的東西融合之後形成的王朝。非王朝的部分，第一是在日本中世盛極一時的日本佛教、禪宗思想。中世時代，日本的佛教無論是自力門或他力門都脫離大陸的影響，顯現出獨特的個性，並滲透到廣泛的各階層，成為精神的核心。日本中世之前的文學傳統是託自然以述志，而中世的宗教所帶來的質變是人與自然的融合。非王朝部分，第二是從中世到江戶為止，無論寫法、理論都臻成熟境界的短詩型文字。川端在〈美的存在與發現〉中提到「紫式部身上有流過芭蕉的日本的心」。川端從中世到江戶之間的言語經驗，在詩與詩論方面比物語文學更為豐碩。第三是掌中小說，亦即國內所稱的極短篇。無論主題、方法，都可見模仿自西歐近代小說的痕跡。

川端的王朝部分與非王朝部分融合為一，重新醞釀出新的、獨特的川端王朝。

三、對川端文學的批判

在對諾貝爾文學獎得主川端康成的一片肯定、讚美聲之中，偶爾也有極少數批判的「雜音」出現。

女作家三枝和子在〈川端的傲慢〉一文中，辛辣且適切地指出川端戀愛小說的缺陷，尤其是站在女性立場，有無法容忍的一面——大意是川端的戀愛小說有男性的悲傷，而無「真正的」女性的悲傷。作品中雖然可見「類似」女性的悲傷，但那是男性「製造」出來的，而不是女性本來的悲傷。

最主要的是川端小說中登場的女性，以對等觀點而言，幾無常人的女性，或者地位比男主角低一大截。例如《伊豆的舞孃》中，男主角是舊制一高的學生，女主角則屬於社會最下層階級的人，仔細閱讀可以發現到男主角常以優越立場的觀點眺望身分卑微卻美麗的少女。《雪國》中的戀愛構圖也承襲了這種上下關係，藝伎身分的女主角駒子對島村的傾慕，讓讀者感到可憐而同情，男女主角即因為這種截然不同的上下關係而無法結合，也感動了讀者。

四、結語

川端獲諾貝爾獎的理由是「以優異的感性，表現出日本人心靈的精髓，其敘述極為巧妙」，三者其實都與日本傳統有密不可分的關係，尤其是王朝。然而，川端的王朝其實是揉合了王朝與非王朝部分，非王朝部分含中世的佛教思想、近世（江戶）的俳句精神以及西方文學的技法；換言之，川端的王朝並不「純粹」，但也因為不純粹，而成就了豐富、特殊的王朝。

文藝春秋的創始人 菊池寬

一八八八年十二月二十六日～一九四八年三月六日

立志當戲曲家，最後以小說家揚名立萬的菊池寬，對日本現代文壇的影響無可計量，說他是大正、昭和初年的「文藝權威」並不過分。菊池寬的文藝觀不只注重藝術性，更注重思想力。

他認為：

「只隱藏在藝術中，而不向人生呼喚的作家，有如躲在象牙塔裡吹銀笛。」

日本近代文學史上，純以文藝創作的質量而言，菊池寬還稱不上是「最偉大的」作家；然而，對整個日本文壇的影響，無人能望其項背。

少年輕狂志在文學

一八八八年十二月二十六日，菊池寬生於高松市。父為小學職員，家貧，小學時期有過買不起教科書，借同學課本抄錄之事。明治三十六年（一九〇三年）入高松中學，成績優異，是典型的文學少年。中學畢業後，被推薦入東京高師，獲免學雜費等的優待，但行為放蕩不羈，被開除學籍；後來雖曾入明治大學及早稻田大學，但因志在文學，於明治四十三年入一高。同學中有芥川龍之介、久米正雄、成瀨正一、松岡讓、山本有三、土屋文明、恒藤恭、倉田百三、藤森成吉等。大正二年，畢業前三個月，替同學佐野文夫頂下竊盜罪而遭到退學（後來自稱因無錢入大學唸書，而非完全出自俠義之心）。同年（一九一三年）九月，獲朋友成瀨父親的援助，入京都大學英文科選讀。大正三年為正式生，教授中有上田敏、廚川白村等，課餘研讀愛爾蘭、英國近代劇；受芥川之邀，參加第三次「新思潮」，發表戲曲「玉村吉彌之死」等。大正五年，加入第四次「新思潮」，發表戲曲「暴徒之子」、「屋上的狂人」、「不良少年之父」以及小說「三浦右衛門的最後」；六年，發表「父歸」，但未被重視。五年七月從京大畢業，論文題目是「英國及愛爾蘭的近代劇」；撰寫畢業論文時，學到戲曲寫法及創作態度，後來成為菊池寬文學的基礎。六年四月，與同鄉奧村五郎次女包子結婚；從這時候起認真創作，發表「無名作家的日記」、「忠直卿行狀記」、「恩讐的彼方」等，奠定文壇地位。

「無名作家的日記」奠定文壇地位

「無名作家的日記」，大正七年（一九一八年）七月發表於「中央公論」。

內容是：離開朋友，進入京都大學的富井，知道留在東京的同伴山野、桑田們創辦同人雜誌；才華橫溢的山野向文壇進軍，深受評論家的讚賞，使他嫉妒又焦躁。後來，富井也寫戲曲，給文學院的中田博士看，未受重視；不意山野來信邀稿，於是將該篇戲曲寄給山野，結果不但遭到嚴酷的批評還被退回。富井對山野深為憎恨，也懷疑起自己的才能，被孤獨與寂寥深鎖，最後「死心」當個鄉下老師。這是日記體的小說，並無明顯的情節，作品中的人物，山野是以芥川龍之介為模特兒，桑田是久米正雄，而中田博士即上田敏博士。此外，山野在「×××」創刊號上發表的讓我深感佩服的作品「臉」，指的是第四次「新思潮」上芥川發表的「鼻」……，以實際的人物及事件為素材；當然，作品中已巧妙地加以變形，也摻雜了虛構的成分。菊池寬的短篇小說，具有描寫簡潔明快，不拖泥帶水、敏銳的心理分析及主題明確等特色；代表性短篇小說尚有「如神般柔弱」、「笑」、「蘭學事始」、「復仇三態」等，本來立志當戲曲家的菊池寬，卻以小說家揚名立萬。

戲曲情節起伏刻劃入微

大正八年十月之後，菊池寬的「藤十郎之戀」、「父歸」等相繼上演，獲得絕佳好評，也因此他的戲曲重新被評估。「父歸」發表於「新思潮」（大正六年一月），大正九年十月上演，以明治末年小市民階級的家庭為舞台。內容是：宗太郎拋家妻子，與情婦私逃，二十年後回來了；母親多彌忘了曾攜幼兒自殺的痛苦，不知還有父親的弟妹卻高高興興地迎接父親歸來，然而養育弟妹、負責一家生計的長男賢一郎認為，父親既然放棄了當父親的義務，當然也不該再享有當父親的權利，拒絕父親回來；父親黯然離去，弟妹們發瘋似地去尋找父親……。

「父歸」吸引觀衆的是主題明白易懂、寫實手法明暢流利。冷淡拒絕父親歸來的賢一郎，象徵著近代合理主義的精神，如果賢一郎堅持到底，那麼這是齣悲劇；不過，最後作者安排賢一郎也發瘋似地衝出去尋找老父，暗示著骨肉親情勝過合理主義。菊池寬戲劇的特色是：情節起伏、故事單純、對白簡潔；對登場人物的心理刻劃入微，以寫實手法表現人物的行動、提出問題，但也對問題提出解決方法。

「真珠夫人」創新機

除了戲曲，菊池寬還關心新劇運動；而第一部通俗小說是「真珠夫人」，大正九年（一九二〇年）發表於「大阪每日新聞」。概要是：唐澤男爵的千金瑠璃子美如真珠，與情人杉野直也分手當暴發戶莊田的後妻，而莊田正是利用金錢和計謀陷害瑠璃子父親的人。莊田有子勝彥、女美奈子。瑠璃子雖然當莊田的後妻，卻不與莊田同眠，藉此復仇，後來莊田被勝彥襲擊而死。處女卻是未亡人的瑠璃子，以她的美貌和財富君臨社交界，為她的美貌而死的青年青木淳之弟稔也成為她的俘虜；但是，當瑠璃子察覺到美奈子愛慕稔時，她拒絕了稔的愛，被稔刺殺，瑠璃子把美奈子托付給以前的情人直也之後氣絕而亡──在美女孀婦的瑠璃子心底，對初戀的男子直也一直閃爍著如真珠般晶瑩剔透的情思。

「真珠夫人」是菊池寬第一篇通俗長篇小說，同時也是為日本通俗小說吹入新氣息的劃時代作品。菊池寬之所以從純文學走向通俗文學，有其內在與外在的因素，內在因素可從菊池寬特異的性格或文學觀、人生觀中尋得，在「半自敘傳」中菊池寬說「寫小說是為了生活」、「能變成錢的大作，什麼都幹」；外在因素是受當時大阪每日新聞學藝部長薄田泣菫的鼓勵。

之後，有「火葬」、「陸上人魚」、「第二的接吻」、「東京進行曲」、「三家庭」、「貞操問題」等，大多以中上層階級的家庭為舞台，融入時代的新風俗與流行，描寫家族制度的不合理與女性對男性自私的反叛和批判，企圖調和既有道德與個人主義的倫理。

「恩讐的彼方」發表於大正八年（一九一九年）。主角市九郎與主人中川三郎兵衛的愛妾弓的戀情暴露之後，殺了主人，與弓私奔；後來，對弓的貪慾感到絕望，出家取名了海，遍遊各處。知道豐前邦馬溪的難行，於是立志開鑿隧道；而，為報父仇的中川實之助也找到這裡來，贊同了海的心願也幫忙開鑿，在第二十一年路通了，兩人共享成功的喜悅……。這是批判復仇的非人性，描繪人道的勝利。

「文藝觀」發人深省

大正十二年一月，菊池寬的個人雜誌「文藝春秋」發行，僅二十八頁，作者有芥川龍之介、今東光、川端康成、橫光利一、佐佐木味津三、直木三十五、小島政二郎等十九人，其中除芥川與菊池之外，當時都藉藉無名。昭和三年（一九二八年），以五萬日圓成立公司，這是文藝春秋社的開始；後來發行了「演劇新潮」、「創刊月刊」、「婦人沙龍」、「摩登日本」、「歐魯讀物」、「文藝通信」、「文學界」……等雜誌。此外，設立芥川獎、直木獎以培養後進；設菊池寬獎以表彰前輩、同事。再者，為了提高作家的社會地位和福利，大正十年夏，成立劇作家協會和小說家協會；大正十五年一月將兩者合併為文藝家協會，菊池寬任第一屆會長。由於菊池寬年輕時代的文藝創作，以及後來的出版成果，使菊池寬成為當時「文藝的權威」，對日本近代文壇的影響無可計量。而，他如下的文藝觀（引自「文藝作品的內容性價值」）仍有可參考之處。

「我認為理想的作品是兼具內容性價值與藝術性價值的作品。換句話說，是在我們的藝術性評價及格，同時在我們的內容性評價也及格的作品。

易卜生的近代劇，托爾斯泰的作品，能打動一代人心的理由之一是其中的思想力。不只是藝術力。只隱藏在藝術中，而不向人生呼喚的作家，有如躲在象牙塔裡吹銀笛……。」

「文藝經國的大事，我認為生活第一、藝術第二。」

古典抒情大家

佐藤春夫

一八九二年四月九日～

一九六四年五月六日

在日本眾多詩人之中，

能自由自在使用文言文，

於傳統詩作中注入新的思想感情者，

佐藤春夫可說是大正之後第一人。

秋刀魚秋刀魚
秋刀魚是苦　是鹹？
熱淚滴在上面
吃秋刀魚是哪個鄉村的習俗呀！

這是佐藤春夫衆多作品中，最為膾炙人口，也是傑作之一的「秋刀魚之歌」部分內容。

佐藤春夫是詩人、小說家，也是評論家；他寫童話、寫戲曲、寫隨筆，當然也寫小說。

以森鷗外徒孫自居

一八九二年（明治二十五年）佐藤春夫出生於日本和歌山縣牟婁郡新宮町。

世代為醫，亦有文學血統；父豐太郎號鏡水，作俳句、狂歌。春夫從少年時代起，自我意識即非常強烈，就讀新宮中學時，被當做是危險的叛逆少年。他很早就對詩歌感興趣，投稿到「趣味」、「明星」、「昴」等雜誌。一九〇九年（明治四十二年）暑假，佐藤春夫在鄉里舉辦的文藝演講會中，解釋自然主義，為保守的地方教育界投下波紋，還因此被學校處以無限期休學處分。

在這次演講會中，春夫認識了生田長江（一八八二——一九三六年，評論家、小說家、劇作家，東大哲學系畢）、與謝野鐵幹（一八七三——一九三六年，詩人、歌人，師事落合直文，結成新詩社，創「明星」雜誌）。一九一〇年中學畢業後，佐藤春夫上京師事長江，在鐵幹之東京新詩社認識了崛口大學（一八九二——，詩人、翻譯家，精法文，譯法作品多種），成為終生之父。生田長江和與謝野鐵幹、晶子夫婦等文壇前輩對春夫文學的形成有重大影響；春夫從長江那兒了解到詩與評論是成為文學的二大要素；從與謝野夫婦那兒接受古典的情調和唯美、羅曼蒂克的薰陶，也了解到日語之美，學到了修辭法。從這些師承中學到的東西，使春夫與生俱來的感覺、感情更為洗練，本來就有意以美為職志、以藝術至上的詩人志向更加堅定。此外，春夫從森鷗外的作品中得到強烈的感動，因此以森鷗外的徒孫自居，認為自己是鷗外最深理解者。後來，春夫還師事永井荷風。

「殉情詩集」一炮而紅

一九一〇年，春夫入慶應大學預科文學部，鑽研詩歌；常投稿於後期「昴」雜誌。一九一四年（大正三年）自慶應退學，對繪畫產生興趣，連續三年入選二科展。一九一六年十一月與江口渙（一八八七——一九七五年，小說家、兒童文學家、評論家）等創辦同人雜誌「星座」；「西班牙犬之家」即發表於「星座」創刊號上。這一年，春夫認識了谷崎潤一郎且結為莫逆之交，生活和文學創作皆受谷崎很大的影響。一九二〇年旅行台灣、福建，「星」、「南方紀行」即為這次旅行的作品；另在「女誡扇綺譚」中寫下了台灣之旅的見聞。這段期間同時和谷崎的夫人千代子發生畸戀，谷崎原有意讓出後又反悔，春夫因此和谷崎絕交；處女詩集「殉情詩集」（一九二一年）即歌詠和千代子之間的悲傷情懷。

一九三〇年（昭和五年）有情人終成眷屬，與千代子結褵。婚後生活穩定，但創作方面反而停滯不前，未見撫掌稱快的作品。一九三五年芥川賞設立及一九四六年水上獎設立時，春夫皆獲聘為評審委員；四六年時還獲選為日本藝術院會員。一九五三年以「佐藤春夫全集」獲第四屆讀賣文學獎（詩歌俳句獎），一九五五年以「晶子曼陀羅」獲第六屆讀賣文學獎（小說獎）。一九六〇年獲第一十屆文化勳章。一九六四年五月六日在廣播錄音中，因心肌梗塞猝死。享年七十二歲。

作品帶有濃厚自傳色彩

「田園的憂鬱」，前半部原題為「生病的薔薇」，於一九一七年發表於「黑潮」，全部完成後以「田園的憂鬱」發表於「中外」雜誌。這是一部沒有故事性的小說，寫的是年輕的詩人為了接觸自然的新鮮氣息，以期獲得心靈的寧靜，帶著妻子和二條狗遷居到武藏野南端的農村——中里村，那知住下來後才發現與所期待的正相反；反而充滿著憂鬱，又感到深深的倦怠。於是透過他敏銳的感性，將內心的世界與外在的世界巧妙地呈現出來，即外在的自然為內心世界的象徵，而內心世界卻轉化為外在的形體，如春夫在「田園的憂鬱」中所說：

「把自己投入狗、貓、山丘和花之中，在那裡，常只看到自己。」

其實，「田園的憂鬱」寫的是他自己；這部作品奠定了春夫作為新進作家的地位，稱得上是日本近代小說的代表作之一。

另有姊妹篇「都會的憂鬱」，一九二三年新潮社出版。描寫東京市內陽光照射不到的「幽靈斜坡」一隅，一位懷疑自己才能，過著一事無成生活的文學青年。與「田園的憂鬱」相比較，這部作品毫無詩味，只是對單調生活感到極度疲倦的描述而已。評價大不如「田園的憂鬱」。

如夢似幻的小說世界

春夫在中里村，除了「田園的憂鬱」外，還在同人雜誌「星座」中發表了他的第一篇小說「西班牙犬之家」。小說中，他帶著兩頭愛犬之一的弗拉提去散步，走入一片森林中看到一間空屋……把讀者帶入如夢似幻的世界裡。結尾的「這是春天暖和的午夜，山中寂靜的雜樹林。」讓人覺得似乎誰都可能體驗到此一情景。

小說中的另一篇作品「秋來」，文章雖短但蠻有意思。「我」晚上聽到狗叫聲和腳踩草地的聲音，以為是期待中的阿鶴，最後才發現是老太婆，令人啞然失笑。

評價甚高的「殉情詩集」是一九二一年由新潮社出版的，裡面共收二十三篇詩作。包括發表於「昴」的「嘆息」等初期戀愛詩，以及與谷崎夫人分手後的失戀詩。春夫以七五、五七調的傳統詩體，成功地歌詠出哀艷的癡情，這在當時口語自由詩的全盛時代，是少見的成功例子。

評論隨筆集「無聊讀本」，是一九二六年十一月由新潮社出版的。內容有有關家世、雙親、朋友、書評、評論等多樣而豐富的文章。其中包括「風流論」、「秋風一夕話」等代表性評論，和「我回憶中的大杉榮」等月旦人物的名作，乍看之下彷彿是本毫無系統的雜文集，其實饒富情趣。

古典抒情詩人第一人

春夫除了上述的詩集、小說、評論隨筆之外，還寫童話。主要作品有「蝗蟲大旅行」、「支那童話集」、「支那文學選」、「馬可波羅與少年們」、「安徒生童話」等。

大正末期是佐藤春夫一生中最充實的時期，聲名甚至超過谷崎潤一郎、芥川龍之介。據說當時芥川還以春夫為競爭對手呢！

綜觀佐藤春夫一生的文學成就，以詩人而言，能自由自在使用文言文，於傳統詩作中注入新的思想感情，春夫稱得上是日本大正之後古典抒情詩人中的第一人。但他的小說大多是隨筆式，如水彩畫般在淡淡的著色中有著微妙的陰影；小說中人物的造型不夠鮮明，人際關係的安排、描寫亦有意猶未盡之處，而且還摻雜了太多作者主觀的看法，這些都是春夫小說的缺點。

司馬遼太郎

文學和歷史的孿生子

一九二三年八月七日～一九九六年二月十二日

日本現代文學史中，無疑的歷史小說佔了相當大的比重與地位。無論芥川龍之介、森鷗外或井上靖、松本清張、遠藤周作等都是日本重要的作家，他們都寫了不少歷史小說。當然，取材對象，或者寫法，各有千秋，各有所長，不過，至今沒有哪一位作家，如司馬遼太郎寫了這麼多的歷史小說。

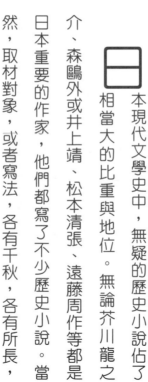

他的歷史小說觀相當特殊，獨樹一格。如單純以歷史小說在個人文學中所佔的數量而言，或許高陽可與司馬相提並論，當然，兩者之間的異同，待有心人的研究與挖掘。

遼太郎，本名福田定一。一九二三年八月七日生於大阪市浪速區西神田町。就讀大阪外語大學蒙古語系。高一屆中有印度語系陳舜臣。第二次世界大戰中以學生身分出征，日本戰敗後，曾在產經新聞工作達十三年之久。一九五六年以《波斯的魔術師》獲第八屆講談俱樂部獎。這是他向小說世界出發的第一部作品，也是從這部小說開始使用筆名司馬遼太郎，由於喜歡《史記》，因此取姓司馬，再加上遙遠之意的「遼」，和像日本人名字的太郎而成。一九六〇年《梟之城》獲第四十二屆直木獎。該長篇描寫的是天正伊賀之亂以後，以被追趕的忍者的復仇為中心的時代圖。

之後，接連發表了《上方武士道》、《風之武士》、《風神之門》等富傳奇性的忍者小說，其中，包含了大阪人獨特的風土感，以及說話的語氣。從一九六二年六月到六七年五月發表《龍馬．行》，共五卷。寫的是愛哭蟲的少年坂本龍馬學北辰一刀流，獲衆望，成為中心人物，對激動的時代有所覺醒，從志士而成長為政治家。最後超越國家的界限向世界之海寄以希望。遼太郎認為日本史人物中，沒有像坂本龍馬般具男性魅力；以獨特史觀支撐的這部大河小說，每一位登場人物皆栩栩如生，個性明顯。

從《盜國物語》（一九五三．八——六六．六）開始，《關之原》（一九六四．七——六六．八）、《新史太閤記》（六六．二——六八．三）到《城塞》（六九．七——七一．十）有戰國四部作之稱，確立了歷史小說和方向。遼太郎歷史小說的特質是歷史上的問題以完結的事象處理，有俯瞰的味道，還有現代的判斷與解釋。對歷史事象的認識和人物的解釋不僅出現於歷史小說中，而且還可能發展成為比較文明論或日本文化論。

從一九六八年寫到七三年的長篇小說《坂上之雲》，共六卷，透過松山出身的秋山好古、真之兄弟和真之的朋友正岡子規三人的行動描繪明治時代的姿態，好古是陸軍騎兵的創立者；真之是日本海海戰的名參謀；子規是日本近代俳句的開山祖。日本變更長久歷史的幕府藩主體制，擠入近代國家之林，其過程決非平坦、順利；這部小說寫的是中日甲午、日俄戰爭時，明治人如何面對。遼太郎在本作品中所要探討的是所謂日本的近代是什麼，明治時代有何種意義。

無論是以乃木希典為主的《殉死》或描繪吉田松陰、高杉晉作的《棲於世的日子》，或取材自中國的《項羽與劉邦》，遼太郎歷史小說的主要都是正史的知名人物，這該也是遼太郎歷史小說的特色吧。

諦念作家

曾野綾子

（一九三一年九月十七日～）

對道理的通徹了解，
與看開一切的胸懷，
日本人稱之為諦念。
曾野綾子的作品中，
就充滿著諦念與變化的對立命題。

曾野綾子本名三浦知壽子，一九三一年生於東京，從幼稚園到大學皆受天主教教育，被灌輸清貧、貞潔、服從的基本道德。四九年就讀聖心女子學院高等科三年級時，以曾野綾子的筆名加入中河與一主宰的同人雜誌。翌年發表「裾野」，受到臼井吉見的賞識；同年秋天，由於臼井的介紹加入第十五次「新思潮」為同人，認識三浦朱門。三浦曾當選過日本文化廳長官，屬「第三新人」的一員。

與有吉佐和子並稱才女

一九五三年十月，以在學學生身分和三浦朱門結婚。翌年畢業於聖心女子大學英文系，同年四月「遠來之客」在山川方夫的推薦下，於「三田文學」發表。「遠來之客」被選為第三十屆芥川獎候選作品，在「選後評」中，石川達三說：「寫來毫無辛苦處，可見其本質。」又丹羽文雄評「風格新鮮，感覺特殊」，但並未得獎；這篇小說又刊載於九月號「文藝春秋」，宣告作家的文學啟航。之後，發表了「巴比倫的處女市」、「海之墓」、「玻璃的惡作劇」等鞏固了作家的地位。在文藝雜誌、中間雜誌、婦人雜誌等連續發表作品，與有吉佐和子（「恍惚的人」等的作者）並稱才女。

一九五六年與由起茂子、芝木好子等到東南亞旅行，被南方所吸引，成為後來產生「無名碑」的契機。從「瞬間」、「初次之旅」等充分顯現出曾野綾子的另一面；即，對人生不抱太大的期待，這或許是受天主教教育的影響，但同時也可見對自己內部諦念的反抗，對現實的挑戰。就這意義而言，曾野綾子並非對所有問題都能處理得很好的才女，而是將諦念與變化的對立性命題作為唯一主題繼續探討的作家。

一九六三年二月起在「小說新潮」連載的「二十一歲的父親」、六四年九月在「文藝」發表的「彌勒」雖然表現出戰爭派的意向，但是背後仍飄散著諦念的思想。六五年一月到十二月在「潮」連載的「糖果壞了的時候」是以瑪麗蓮夢露為模特兒，訴說失眠症與安眠藥經驗，將女人的可愛描繪得很美。六九年在「週刊現代」上發表的「犧牲之島」以記錄式寫下戰爭末期沖繩女學生的悲劇，客觀地記錄事實，是一部值得注意的戰爭文學。

一九七一年到印度旅行，取材自痲瘋醫院的「人的陷阱」，還有描寫有關渡嘉敷島集體自決的「某神話的背景」等作品都透露出肯定人存在的濃厚思想。七五年初，最重要的兩部作品是探討戰爭犯罪問題的「濕潤地的東西」，及以戰後歷史描寫修道院內神的觀念逐漸淡化過程的「不在的房間」。七九年「神污穢的手」脫稿後因白內障失明；手術成功後寫下「受贈的眼的記錄」獲得好評。

二〇〇二年曾來台參加台北國際書展，並發表演講。

高村光太郎

二本松：「智惠子抄」的世界

一八八三年三月十三日～一九五六年四月二日

霞之城公園一角，小小的「智惠子抄」詩碑，
隱藏了一段傳誦千古的愛情故事。
詩人、雕刻家高村光太郎，
與他的妻子——智惠子，
在生命留駐的短短歷程，
留下了最動人的樂章；
讓我們悠遊於詩的字裡行間時，
情韻深邈，盪氣迴腸！

二本松位於福島縣中央偏東北處。舊二本松藩十萬七百石，是丹羽氏的商業城。晴朗的日子，由二本松車站仰望東北地乾淨亮麗的天空，不由得想起智惠子說的「東京沒有天空」的話。

霞之城

戊辰一戰灰飛煙滅

二本松城，一名霞之城，係北畠國詮於永慶年間（一三九四——一四二八年）所築，寬永二十年（一六四三）從白河遷居此處的丹羽光重進行過大改建。之後，歷經丹羽氏十一代，在戊辰戰爭（一八六八年，即戊辰年之始，日本維新政府軍與舊幕府之間，展開歷經十六個月之久的內戰，最後維新軍戰勝，史稱戊辰戰爭）中城陷，最後僅留斷垣殘壁，今稱縣立霞之城公園。公園內視野良好的台地上，立有「智惠子抄」的詩碑。

「智惠子抄」是高村光太郎（一八八三——一九五六）的第二部詩集，在

第一部詩集「道程」（一九一四）出版後二十七年（一九四一）才出版。收入詩二十九篇，短歌六首，以及「智惠子的一生」、「九十九里海濱的初夏」和「智惠子的剪紙畫」等。

狂飈

反抗封建的文藝青年

高村光太郎（一八八三——一九五六年），父光雲，係著名木雕家、帝室技藝員及東京美術學校的教授。上野的西鄉隆盛像、皇宮前楠木正成像即其作品。

光太郎於一九〇二年畢業於東京美術學校，畢業後仍留在雕刻研究科。後來因受不了雕刻科的保守轉西畫科，受岩村透的鼓勵，決定到美國留學。

在紐約唸夜校時，課餘常到美術館、圖書館。一九〇七年轉往倫敦，翌年結束在英國的生活轉往巴黎。除研究美術、雕刻之外，還研究波特萊爾等法國詩人。一九〇九年六月，結束歷時三年半的留學生涯。

在留學的回憶中，他曾說：「在美國，我得到的是日本式倫理觀的解放。」回到日本之後，對日本美術界的舊觀念與技法提出強烈的批判，甚至於影響到父親光雲在美術界的立場與地位；此外還翻譯、介紹外國的美術、藝術理念。另外，光太郎也發表詩作。

對於雕刻與詩的關係，光太郎說：「為了讓自己的雕刻純粹；為了防止其他的分子夾雜進入雕刻；為了使雕刻從文學中保持獨立才寫詩。」彷彿把雕刻置於詩之上，然而綜觀光太郎一生的成就，詩，不但不在雕刻之下，反而在雕刻之上！

戀愛

初識畫友智惠子

智惠子於明治十九年（一八八六年），生於安達郡油井村（今安達町）長沼家。長沼家以製酒為業，離二本松車站約兩公里處，在從前的陸羽街道旁。智惠子出生時候有七棟酒庫，如今只剩下酒庫一棟和二棟米倉，而且屋主也已易人。

智惠子幼年的家境十分富裕，小學時成績常居全班之冠。進入福島女子高校時，對繪畫產生濃厚的興趣，畢業後入日本女子大學。依「智惠子的一生」的說法，智惠子入日本女子大學後住校舍，開始對西畫產生興趣。女大畢業後，好不容易取得雙親的同意留在東京，到太平洋繪畫研究所學習油畫。雜誌「青踏」創刊號的封面就是智惠子畫的。

明治四十四年（一九一一）十二月下旬的某日，柳八重介紹長沼智惠子與高村光太郎認識。之後，智惠子常到光太郎的臨時畫坊，欣賞他的作品，聽他談論法國畫壇。但是，她不太說話，也不拿自己的畫給光太郎看。

明治四十五年八月，光太郎的畫坊完成，智惠子捧了一大盆花去祝賀他。同年八月，光太郎到犬吠岬寫生旅行，偶然巧遇到智惠子和妹妹也來此地；於是智惠子就到光太郎住處，一起散步、寫生、用餐。

光太郎在犬吠岬停留期間，被智惠子清純、樸素的氣質和對大自然的喜愛吸引，也深受感到，心中認為除了她之外別無所屬，而智惠子也回以熱情的書信。

結緣

曲曲折折的婚姻路

大正二年（一九一三）八月，光太郎往上高地，住在清水屋製作油畫，為秋天和岸田劉生、木村莊八等人的聯展預作準備。九月，智惠子也攜帶繪畫的道具來找光太郎。

之後，幾乎每天光太郎都扛著兩人的畫具到處寫生，光太郎也第一次看到了智惠子的畫。他認為：主觀的自然看法具有特色，如能大成則頗饒趣味。

兩人在上高山的行蹤，記者還寫了一篇報導，標題是「美麗的山上之戀」，大肆渲染了一番，使得兩家的家長大為困擾；但兩人仍不知情，依然在山上高興地繼續寫生。光太郎對穗高、燒岳、霞澤、六百嶽、梓川等地觸目所及盡皆描繪下來，結果在上高地完成了幾十幅油畫。

光太郎雖非智惠子莫娶，但他母親並不認為智惠子是理想的媳婦，一直希望光太郎娶東京的名門閨秀，婚後可以住在一起，自己也能早點抱孫子，因此常寄照片給光太郎看。另一方面，智惠子的雙親也不希望女兒嫁作高村家的長媳。

儘管如此，雙方家長卻也拗不過兩人的深情，最後均點頭答應了。大正三年十二月二十二日，光太郎三十二歲，智惠子二十九歲，兩人在上野精養軒舉行婚禮；文壇人士有正木直彥、與謝野寬夫妻等出席。

藝術
最是鍾情印象派

光太郎從巴黎回到日本後，對日本社會的舊封建色彩大為不滿，於是沉溺於酒色，過著頹廢的日子。與智惠子戀愛、乃至結婚，使光太郎從頹廢水沼澤中脫離，恢復強韌的求道者姿態。

兩人的婚姻生活，對光太郎而言是充實且豐收的，在詩創作、評論、翻譯、雕刻等多方面，皆有良好的表現。翻譯方面有「羅丹的話」、「續羅丹的話」、惠特曼「自選日記」等。從翻譯的內容可見光太郎對歐洲的印象派及後期印象派深感興趣。此外，還出版了「印象主義的思想與藝術」，這是光太郎在美術方面的第一本著作。

詩作

人道主義的追求者

詩創作方面，人道主義精神的詩作大增，有「丸善工廠的女工們」、「猛獸篇」等。而被認為「智惠子抄」中代表作的「樹下二人」，也是這時期的作品。

那是阿多多羅山，
那發光的是阿武隈川。

高村光太郎

……

妳，不可思議的仙丹瀰漫我底靈魂之壺，
啊！那是何等幽妙的愛之海底誘人嚮往呀？
兩人一起走過的十年季節的展望是，
讓我從妳身上看到女人的無限。
迷濛在無限境域中的，
洗滌這般被情意所困的我，
在背負著這般苦澀的我底身上注入清爽、年輕的泉源。
妳，如魔幻般難於捕捉，
是奇妙變幻的東西哪。
那是阿多多羅山，
那發光的是阿武隈川。
這裡是妳出生的故鄉，

那有小小的白點的牆壁是妳家的酒庫。

……

這裡是妳出生的故鄉，

是生出這不可思議的肉身的天地。

……

家變

精神分裂症初現

智惠子婚後身體衰弱，常生病。大正十四年左右，可說是她二十四年婚姻生活中最健康的時期。大正七年，智惠子的父親長沼今朝吉逝世，繼承家業的弟弟不務正業，遊蕩揮霍，昭和四年（一九二九）終告破產，對智惠子產生很大的打擊。

智惠子深愛故鄉的大自然，生病時回到故鄉病情就逐漸好轉；而如今娘家破產，無可歸之家，精神上深愛著的大自然也喪失了！

昭和六年（一九三一）八月，光太郎受時事新報社的委託，到東北的三陸地方旅行，從石卷經牡鹿半島、金華山、女川港、氣仙沼、釜石港、宮古，於九月初回到東京。

這次光太郎在外約一個月左右，智惠子深感孤單、寂寞，對前來作伴的母親說「我想死呀！」其實，這時已出現精神分裂的症狀。

昭和七年七月，智惠子曾自殺過一次。光太郎為了治療智惠子的病，於昭和九年五月，把智惠子送到千葉縣的九十九里海濱療養，光太郎每星期從東京趕到這兒來看她。

在這裡，智惠子的身體雖然健康了一些，但是精神方面毫無進展。與白鴴鳥（千鳥）遊玩，把自己也當成鳥，甚至於站在松樹林的一個角落裡，連續喊著「光太郎智惠子」達一小時之久。光太郎因此寫下「與千鳥遊玩的智惠子」

（註：日文「千」與「智」發音相同，皆為ㄑㄧ）的詩：

無人的九十九里沙灘的
沙上，智惠子坐著嬉戲。
無數的朋友呼叫智惠子的名字。
ㄑㄧ、ㄑㄧ、ㄑㄧ、ㄑㄧ——
在砂上留下小小的趾印。
千鳥向智惠子靠過來。
口中經常喃喃自語的智惠子，
張開雙手回答：
ㄑㄧ、ㄑㄧ、ㄑㄧ——
…………

禁錮

語無倫次的黃昏歲月

智惠子的病情，儘管光太郎悉心照顧並未好轉，不得已只好搬回東京。為了避免騷擾到別人，光太郎把智惠子關在房裡，用鐵釘把門封住。而智惠子「有時說鄉下人的語調，有時說英語，有時又語無倫次，不知所云……」，最後在昭和十三年（一九三八）十月五日夜，於醫院中長眠，享年五十三歲。

她臨終的樣子，光太郎於翌年二月發表的「檸檬哀歌」中，有這樣的描寫：

在悲傷的、白色的、明亮的床上。
妳美麗的牙齒咬下，
從我手中接過的一顆檸檬。
香氣瀰漫，

那數滴如天上寶物的檸檬汁液，
剎時使妳的意識恢復正常。
妳藍而清澄的眼睛微微笑著，
握著我的手的妳的健康啊，
妳的喉嚨裡有著暴風雨。
在這生死的關頭，
智惠子恢復本來的智惠子，
一瞬間傾注了一輩子的愛；
然後，
如往昔在山巔的深呼吸，
妳生命的機關戛然停止。
插在遺照前的櫻花後面，
今天也擺一個散發涼光的檸檬吧。

光太郎在智惠子死後二年的回憶中說：「智惠子的死，對我精神上的打擊確實非常強烈，一時之間，甚至喪失了藝術創作的目標，有著莫大的空虛感。」又說：「在她生前，我總把自己製作的雕刻，第一個拿給她看。一天工作完成後，和她一起檢討是至高無上的喜悅，而且，對這樣的事她也全面地接受、理解、熱愛。」

永隔

至情至愛天上人間

一九三九年七月，光太郎還發表了一篇「給亡人」，亡人無疑的是指智惠子。

麻雀如妳黎明即起輕叩我窗，
枕頭上的大龍桐花如妳默默地開放。

朝風似人搖醒我的五體，
妳的香氣清涼了早晨五點的寢室。

我掀開床單伸出雙手，
迎接妳底微笑於夏之朝日。
妳細語：今天有什麼事？
權威似地，妳站立著。

我成了妳的小孩，
妳是我年輕的母親，

妳仍在妳在的地方，

妳化成萬物充滿著我。

雖然我不值得妳愛，
妳的愛無視一切包圍著我。

「問世間情是何物，忍教生死兩相許」，古今中外多少才子佳人為情所困、為愛所迷!?多少詩篇、名作在愛的主題下完成而傳誦千古。然而，什麼是至愛真情?恐怕不是輕易回答得了的問題。年輕貌美的女性，人人都喜愛，但是，當她容顏衰老，臥病在床，甚至於魂歸西天之後，還深深地懷念著她，還寫詩獻給她，這樣的感情，如果不是至愛真情，那麼，什麼才是至愛真情呢?

谷崎潤一郎

一八八六年七月二十四日～一九六五年七月三十日

谷崎的文學，早期有強烈的唯美傾向，後來逐漸回歸日本傳統，含蓄而有餘韻。尤其曠日廢時、三度翻譯源氏物語的「壯舉」，更使谷崎在日本文學史上留下聲名。

談到谷崎潤一郎，相信很多人腦海中馬上會浮現出「細雪」中四姊妹賞櫻花的美麗畫面；其實不只是場面安排得很美，連她們姊妹之間的譏諷、嘲弄、吵架，用的還是「敬語」呢！而對日本平安朝文學，特別是對源氏物語有興趣的人，大概也都知道谷崎潤一郎曾經前後三次把源氏物語翻譯成現代日文。

文學啓蒙多靠良師益友

一八八六年七月二十四日，谷崎潤一郎出生於東京，由於長兄出世三天即夭折，因此戶籍上仍將他登記為長男。父倉五郎入贅母家，繼承外祖父豐富的資產，但因經營失敗，舉家陷入困境；因此潤一郎在小學時代過的是富豪大少爺的生活，但到了中學時卻必須靠老師們的幫忙，否則幾乎連書都無法唸。潤一郎弟精二也是文學家，早稻田文學畢業後加入廣津和郎、相馬泰三等創辦的「奇蹟」

雜誌，為大正朝新現實主義文學的旗手。大正文壇上，谷崎兩兄弟與有島三兄弟（有島武郎、有島生馬、里見弴）一時瑜亮，相互輝映，傳為佳話。

谷崎家連出兩位文學家，並無血統的因素，而是環境與師友造成的。潤一郎幼時居住的東京蠣殼町一帶，充滿濃厚的江戶情調，歌舞音曲風氣鼎盛，深具藝術氣息，促使谷崎對文學藝術產生了濃厚的興趣，影響相當大；然而孕育出「大谷崎」的藝術家豐富素質的是眾多的師友。谷崎小學高等科一年級的級任老師稻葉清吉，不但深入淺出地介紹陽明學說、禪學以及柏拉圖、叔本華等的哲學和思想，還告訴谷崎「雨月物語」、「弓張月」、「經國美談」等日本作品的故事，使谷崎很早即體悟到文學的趣味；此外他還跟稻葉老師學英文，在貫輪秋香的漢學私塾讀四書五經。初一時谷崎寫過如下的漢詩：「牧笛聲中春日斜，青山一半入紅霞，行人借問歸何處，笑指梅花溪上家」。

讓妻事件引起軒然大波

一九〇八年谷崎入東大國文系（即日本文學），大二時投戲曲「誕生」到「帝國文學」、小說「一日」到「早稻田文學」均遭到退稿的命運。後來，一九一一年十一月當時的文壇大家永井荷風在「三田文學」對谷崎發表的「刺青」、「麒麟」及「幫間」等大為激賞，給谷崎很大的鼓勵，也奠立了谷崎在文壇上的地位。要不是有這些師友的幫忙，谷崎是否能成為現在我們所看到的谷崎，是一大疑問。

谷崎於一九一九年三月遷居本鄉區曙町一〇，與住在附近的佐藤春夫開始交往。之後，谷崎夫人千代竟然與佐藤發生戀情，一九二一年因夫人讓渡問題與佐藤絕交，二六年兩人和解，恢復往來。三〇年千代夫人與谷崎離婚改嫁佐藤，當時還以三人名義發函給親朋好友：「敬啓者：我等三人此次協議，千代與潤一郎離婚改嫁春夫，女兒鮎子歸母方，雙方交誼如前……。」這件事後來成為日本文壇上茶餘飯後閒談助興的話題，這該說是文壇佳話？亦或文人行徑之怪異不可理解？

谷崎除與佐藤春夫絕交過之外，與親弟弟精二之間也有一段時間不相往來，至一九三九年始和好。

谷崎一生中有過兩次中國之旅，分別是一九一八年和一九二六年，第二次中國之旅時認識了郭沫若、田漢、歐陽予倩等文人。二六年四月發表「上海見聞錄」於「文藝春秋」，五月發表「上海交遊記」於「女性」。一九五七年，時年七十二，於「心」雜誌發表「歐陽予倩君的長詩」。這是谷崎與中國文人交往的大略情形。

從感官唯美走向傳統文學

谷崎文學可分為三期。第一期是從一九一〇年到一九二三年，重要作品有

「刺青」、「麒麟」、「幫間」、「小王國」、「富美子之足」、「惡魔」、「饒太郎」等。永井荷風分析谷崎第一期的作品，歸納出三點特徵。一是從肉體的恐怖產生的神秘幽玄；以華文麗辭在優美的詩緒下描繪出肉體的殘忍恐怖，屬於頹廢型藝術，可與波特萊爾波爾相媲美。二是都市性；融合了江戶時代的舊文明與東京新時代的特性，而思想上的故鄉是都市（東京）。三是文學的完整性。

第二期從一九二三年關東大地震，谷崎遷居關西開始至一九四六年止。遷居關西後，谷崎從西方文學的攝取轉向日本古典模仿、學習。《萬字》（「卍」）描述因一女性的魅力破壞了一對夫婦的人格，且導致其家庭破裂。谷崎在這部作品中充分表現出日文的傳統美，創造出新風格。「食蓼之虫」係以其本身及夫人千代和佐藤春夫三人之間的戀愛事件為題材寫成的。此外在「吉野葛」、「盲目物語」、「刈蘆」、「春琴抄」等作品中，顯現出傳統文學的古典風格，結構緊密已具大作家架勢；尤以「春琴抄」評價最高！特色是對話與敘述渾然成一體，富微妙之陰影，在近代小說中使傳統物語復甦。正宗白鳥批評：「技已入神」。

第三期從一九四六年到逝世為止。這一期是完全回歸日本的時期，追求日本人傳統中的「永遠之女性」。在上中下三卷的「細雪」裡，谷崎充分運用從王朝文學中學到的物語手法，以賞花、狩螢、賞月等傳統的風流韻事和大阪工商地區殘留的上方文化（指京都：大阪）的餘響為背景，描繪出船場地方沒落商家四個女兒——鶴子、幸子、雪子、妙子——的個性和命運，獲每日出版文化獎。之後，尚有「少將滋幹之母」、「鍵」、「瘋癲老人日記」等名作。

三度翻譯「源氏物語」

谷崎一生中，三次將「源氏物語」譯成現代日文。儘管有故東北大學教授山田孝雄博士等的幫忙，其間的困難、辛酸雖是局外人也不難體會。舊譯（方便起見，稱舊譯，本無此名稱）、新譯、新新譯中，一般認為最容易懂的是舊譯，而以新新譯最難懂，這是怎麼回事呢?反而越譯越難懂!?這是因為舊譯中谷崎為求語意通順增補不少詞句，經新譯到新新譯時，谷崎儘量不作增補，譯成簡潔之現代文。谷崎在舊譯「序」中說：「三年來……全力做這項工作，過著可說醒在源氏，睡在源氏的生活。」谷崎把源氏物語的現代語譯工作當做是一部「作品」，而非創作之餘的「副業」。後來的「盲目物語」即利用傳統物語的「敘述」（Katari）；「細雪」中也利用物語的手法，營造出美的氣氛與實景。有評論家認為，谷崎是把物語文學中的敘說機能做最大程度導入近代小說的作家，事實上這些是從翻譯「源氏物語」中學到的。

綜觀谷崎一生，是以反自然主義出發的，第一期作品以華文麗藻描繪出怪異的官能美，表現出強烈的耽美、唯美的傾向。遷居關西之後，逐漸回歸日本傳統，官能的描寫，從鮮豔、刺激轉為平淡；第三期作品運用學習自源氏物語的敘說手法，風格丕變、含蓄而有餘韻，富古典氣氛。然而貫穿谷崎文學基底的則是美與性的問題，谷崎的文學世界是多彩而豐富的！

「刺青」是谷崎耽美主義作品的精品，把惡的讚美和被虐待狂

（masochism）的陶醉結合在一起。作品中所謂美，指的是女性美麗的肉體，美即為強者，醜即為弱者。另一篇「幫間」，乍看以為是喜劇作品，其實是悲劇。描寫人在環境下，尤其是受到他人壓迫時喪失自我性格的故事。日本近代文學的一般原則認為，作品中人物的個性不變，也因此才產生許多苦惱；然而這種想法在「幫間」中被否決了，所以我們看到了新的人性的一個側面。

谷崎作品，我翻譯了《春琴抄》、《細雪》、《刺青》、《瘋癲老人日記》、《痴人之愛》、《少將滋幹之母》、《夢浮橋》、《鑰匙》、《萬字》（《卍》）等。

短篇小說之神

永井龍男

一九〇四年五月二十日～一九九〇年十月十二日

如果要編一本「日本近代短篇名作」，永井龍男是一個絕對不能遺漏的名字。他的小說像是裁剪過的人生，極力排除敘述，只留下最精鍊的部分；其題材的力求自然、平實，又總是煥發著含蓄，有深意的光芒，像一顆顆晶瑩的珍珠。

雖然處女作發表於十六歲，入選帝國腳本的戲曲「出產」時年十八，名作「黑飯」受到當時文壇大家菊池寬的賞識，也因此和「文藝春秋」結下不解之緣；永井龍男真正從事創作，則是從四十三歲（一九七四年）才開始的。逝世於平成二年十月十二日，享年八十六歲的這名作家，對台灣的讀者而言，或許還是個「新人」呢！

字斟句酌，沒有廢話

「永井龍男一九〇四年生於東京，十九歲（一九二三年）時，持短篇小說「黑飯」及另一篇草稿拜訪菊池寬。「黑飯」發表於七月號「文藝春秋」，寫的是剛上小學的「我」穿的便服太髒了，父親於是用鍋子把二哥的舊衣服染色，準備給「我」穿；結果，鍋子當然變得黑嚕嚕的。小說的開頭是這麼寫的：

第二天，喜歡乾淨的母親，用洗了再洗的鍋子煮飯；飯，有點黑。微黑的飯，也有水氣騰騰上升。

小林秀雄對它的評語是：「整篇小說都很好，只有一個地方：『也』是多餘的。」據說，永井龍男被小林一語「刺中要害」也大吃一驚，後來出版全集時，就將「也」字拿掉了。永井平常就很重視斟酌字句，有短篇小說名人之稱；他的作品予人印象鮮明、簡潔、無贅詞之意，當然，這是靠多年的磨練功夫而來的。

永井龍男，年輕時就以森鷗外翻譯的「諸國物語」為文學的理想，也說過：「這一輩子如果能留下十篇像收錄在『諸國物語』中那樣的短篇，不知有多高興？」以後來永井龍男的文學業績來說，他的夢想實現了！

排除敘述，保持立體

如果要編一本「日本近代短篇名作」，永井龍男的幾篇短篇是少不了的；諸如「秋」、「青梅雨」、「一個」等，只有永井龍男才寫得出來。他的小說舞台大可分為三：一是他居住的鎌倉一帶，二是出生地，三是新聞的剪報，也就是從現代風俗中取材。「青梅雨」是屬於第三種，是從想像中產生的作品。

作品的題材，則「盡可能選不顯眼、自然的題材」，他不喜歡誇張，因此，作品以「橘子」、「枯草坪」、「到麵攤」等含蓄而有深意的題目為多。寫法則喜歡從描寫自然，季節感、一天裡的時間推移中悄悄地進入；他認為：「小說，如果描寫或說明的部分過多，反而失去立體的感覺。」看他的文章，可以發現他極力排除敘述，只留下重要部分的苦心安排，其他的，就全靠讀者想像了。

永井文學的啓航雖然很早，但由於家計困苦，進入文藝春秋社工作後，遠離了小說創作；直到四十三歲才開始重拾創作工作。到了五、六十歲時，臻於成熟，因此，他的代表作也都幾乎集中在這個時期。而遠離文學的那段長長的人生經驗，則像一種獨特的影子落在他的作品上，增加了作品的深度。

人生的扭曲與恐怖

永井龍男並不喜歡描寫悲慘的事，但是，在作家銳利的眼光、靈敏的感覺下，自然注意到人生的黑暗面。既然小說是描寫人生，對於人生中的死亡、老人癡呆、心身異常等，當然不會刻意迴避，而且也迴避不了。短篇作品「一個」，就是藉著行為的描寫，讓我們看到隱藏在人身上的恐怖東西。

誰都有過很想把瞬間想起的事向陌生人訴說的衝動。如果真的這麼做，不被人當瘋子才怪！「一個」描寫的是面臨退休的男子，在他異常的心理深處，有一個象徵束縛薪水階段的時鐘的聲音，一直壓迫著他。文中，在「馬上向他搭訕」之後是長長的會話，到最後卻說「不過，事實上佐伯一句話也沒說。」這中間，讓人分不出是現實或非現實內心話的描寫，令人感到可怕。針對這篇小說，作者說：「因為主角神經衰弱，因此，對事物的接受或看法也有點不正常。如果能表現出那種扭曲，那麼對環繞他的平常世界就會有不一樣的描寫。」

主角的行動也的確亦於常軌。透過他的行動，反射出隱藏在周遭若無其事的世界的可怕。

文學獎的常客

永井龍男由於擔任過「文藝春秋」的總編輯、常務理事，文壇關係極好。菊池寬獎設立時，三十五歲（一九二九年）的永井即被聘為評審委員；四十八至五十四歲時任直木獎評審委員；五十四至七十三歲七月止，任芥川獎評審委員。此外，還擔任過讀賣文學獎、吉川英治文學獎、川端康成文學獎等的評審委員。

一九五〇年，以「朝露」獲第二屆橫光利一獎；六五年以「一個及其他」獲第十八屆野間文藝獎；六六年再以「一個及其他」和所有業績獲第二十二屆藝術院獎；六八年獲選為藝術院會員；六九年獲第二十二屆讀賣文學獎；七二年獲第二十屆菊池寬獎；七三年獲讀賣文學獎，被選為文化功勞獎；七五年以「秋」獲第二屆川端康成文學獎；八一年獲日本最高榮譽的文化勳章；八五年就任為鎌倉文學館第一代館長。永井之所以辭去芥川獎評審委員，是因為反對把芥川獎頒給「獻給愛琴海」；八一年「永井龍男全集」（十二卷）由講談社出版。

在日本文壇的大宇宙中，永井龍男雖然不是一顆熠熠巨星，但是在短篇小說的銀河系裡，無疑的發出永垂不朽的光芒，讀他的作品，讓人感受到日本文學不同領域的風貌。

中上健次

幻聽、幻想的文學

一九四六年八月二日～
一九九二年八月十二日

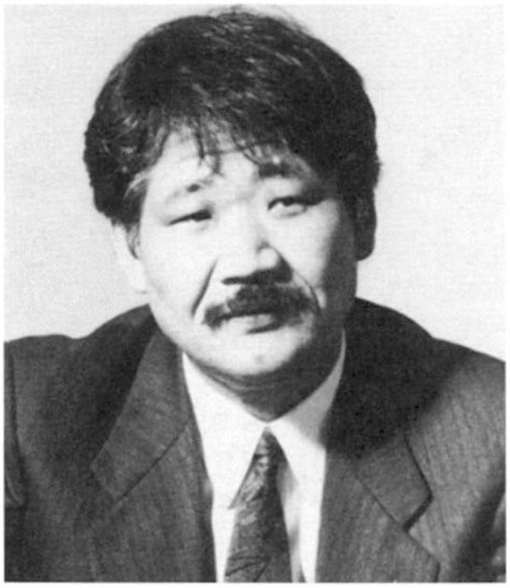

幻聽、幻想的描寫手法，
加上宿命與血緣的複雜關係，
以及對故鄉紀州風土的偏愛，
使中上健次的作品自成一格；
筆下湧動的鮮活美麗的紀州女性，
以及「聖」世界的構圖，
更強力宣告了文學中現代神話、
現代物語的復活。

中上健次，現代日本文學家代表之一，小說常以故鄉紀州的風土、傳說為素材，文壇普遍寄予厚望，不幸於一九九二年八月十二日辭世，得年四十六。

對愛好日本文學的台灣讀者而言，中上健次應該是個陌生的名字。今天，我以追悼的心情介紹他，希望以後能有更多的台灣讀者閱讀他的作品。

血緣與宿命

一九四六年八月二日生於和歌山縣新宮市。因係私生子，幼時姓木下（生父姓鈴木），十八歲到東京後自稱姓中上；迷戀爵士樂，並對新左翼運動、小劇場運動大感興趣。從一九六六年（二十歲）起，於「文藝首都」開始發表詩、小說；有「俺．十八歲」、「遙遠的夏天」及詩「JAZZ」、「不滿足」等。中上於七〇年結婚，在羽田機場工作，生活因此獲得改善。七三年以「十九歲的地圖」

被列為芥川獎候選作品，受到文壇矚目，之後，連續發表了多篇短篇小說。這時期主要的作品如短篇集「十九歲的地圖」、「鴿子的家」，作品可概略分為兩類，一類是受大江健三郎影響的，描寫都市青年的反抗作品；另一類別是以故鄉為背景，帶有濃厚自傳性質。七六年以「岬」獲第七屆芥川獎，是戰後出生者第一次得獎；「岬」以中上健次的故鄉紀州為物語的空間，描繪生活在那裡的人們的複雜血緣，後來成為中上文學源流的劃時代作品。將「岬」的世界擴大的是「枯木灘」，獲七七年每日出版文化獎、七八年藝術選獎新人賞。故事的梗概是：以主角秋幸對生父的憎恨為經，以與母親的關係為緯，描寫一族之間血緣的宿命關係——登場人物的血緣關係複雜到甚至有必要在閱讀時把關係圖擺在旁邊；複雜的血緣關係促成秋幸潛意識裡有想殺掉生父的衝動。故事的展開具悲慘的色彩；不過，讀者不會有血淋淋的不舒服感覺，因為被作者的文體之美掩蓋、抵銷了。

幻想與幻聽

這系列的物語後來經「十八歲、到海上」、「化粧」、「紀州木之國・根之國物語」等小說以及隨筆「夢之力」等開花，朝「鳳仙花」、「千年之愉樂」、「地之涯・至上之時」而結果。「化粧」是有連貫性的短篇小說集，以三十歲、住在東京的「大個子」回到紀州的歸鄉為題材；作品中也觸及到東京的日常生活，乍看有「私小說」的味道，事實上，作者創造了距離私小說相當遙遠的多次元世界。在東京大叫「我想死，把我殺掉吧！」的大個子，回到故鄉紀州地方，住在熊野的山路上，大個子遇到了二十四歲上吊自殺的哥哥的幻影；可以把「化粧」當成是對在「岬」及「枯木灘」中出現的哥哥的招魂。主角在東京時大喊「我想死！」讓人以為作者同屬戰後無賴派作家；然而，從主角回到熊野之後的描述，卻發現與戰後文學屬不同的領域——那是生者與死者共同的領域，是古代文學中可見的萬物有靈論（animism）的方法，以幻想、幻聽描寫的領域。例如

「修行」中主角最後看到的是：

「ㄑㄧ　ㄌㄧㄣ！ㄑㄧ　ㄌㄧㄣ！」的聲音靠近，然後消失了。又打起盹，做了夢。不！或許那是現實也說不定。身材跟他同樣大小，想當學問僧智慧不足，雖然如此又過不慣鄉下生活的修行僧，逃過焚燒護摩遽然飛騰的火焰，攀登岩石，倒吊在杉樹梢上，唸著寶貴的法華經。

這部分與折口信夫的「死者之書」——幻聽中，大律皇子從他界甦醒過來……——有相通之處，也跟「萬葉集」中的招魂歌類似。又，「三月」短篇小說中，作者直接描寫哥哥生前的樣子；在這裡，連他哥哥也發生幻聽、幻覺的現象。「化粧」的最後是「大個子」和妻及二個大女兒一起回到東京，發現家中人偶的台子傾斜，這一天剛好是三月三日，也就是一年前哥哥上吊自殺的日子。

一九八〇年一月出版的「鳳仙花」，從秋幸的母親・浮左的少年時代開始寫起。浮左歷經戰前、戰時、戰後時代，與各色各樣的男性共同編織的構圖，鮮艷而且美麗。中上使用的方法極為傳統，讓人以為是自然主義文學——例如德田秋聲——的復甦；整部作品充滿生命力，處處表現作者對女性的讚美！

神話與物語

一九八〇年七月到一九八二年四月發表在「文藝」雜誌的是由「半藏之鳥」、「六道之十字路」、「天狗之松」、「天人五衰」、「拉普拉達綺譚」、「康那卡母伊之翼」等六篇組成的；挖掘自隱於小巷的歷史深層的物語，與一般「歷史小說」的趣味不同。其實「千年之愉樂」的是阿柳的老太婆——小巷裡的產婆——的意識，透過阿柳老太婆的意識，讓小巷裡同類型的年輕人登場。時空及人際關係方面雖與「岬」、「枯木灘」、「地之涯・至上之時」及「鳳仙花」等相連接，但是方法完全不同，是神話式、幻想式的寫法。「奇蹟」（八九年）中，幻想更為深濃，藉酒精中毒的友叔與阿柳老太婆幻想的交錯，企圖將小巷聖化。由於小巷與社會完全疏離，因此可以轉化為「聖」的世界；作者這種企業把大知（人名）痛苦的生涯途上鮮烈的美。「奇蹟」使得中上文學強有力的宣告現代神話、物語的復活，這一點是值得大書特書的。

文學是生命的全部

中上在「鳳仙花」描繪「岬」、「枯木灘」主角母親的半輩子，筆下的紀州女性是鮮活、美麗。「地之涯・至上之時」是集從「岬」、「枯木灘」的物語之大成，呈現出一種型式的完成；此外，「奇蹟」繼承「千年之愉樂」，企望以混濁的血淨化的神話世界。此外，中上健次到過美國、韓國，擴大視野，有意朝汎亞洲的物語、神話方向發展；發表了「物語漢城」、「日輪之翼」、「熊野集」、「紀伊物語」等相關作品。之後，以「火祭」為中心，有「美國、美國」、「火之文學」、「輪舞，漢城」、「野性的火焰樹」等，創作量極為豐富。

對中上健次而言，文學不是人生的一部分而是全部。他的文學有上接「萬葉集」的傳統一面，當然其中也包括破壞，此外，也有受到大江健三郎以及美國現代小說影響的地方。摻雜幻聽、幻想的描寫手法，讀者或許不太習慣；不過，這也是文學百態中的一態，不是嗎？

今天，儘管他的肉體滅亡了；然而，以作家而言，不朽的生命卻從今天開始。

一代宗師

夏目漱石

一八六七年二月九日～一九一六年十二月九日

夏目漱石以嚴肅的倫理貫穿所有作品，描繪人生的真實，在日本近代文學中如高聳入雲的孤峰，影響了眾多作家。其特立獨行的文學觀和個性，更樹立了一代宗師的不朽風範。

日本明治時代以後的作家，可稱為「國民作家」（家喻戶曉的作家）的僅夏目漱石、吉川英治、川端康成等寥寥數人而已，而漱石居其首。今日日本大學生的畢業論文或研究生論文，以漱石為研究對象的不知幾凡？目前台灣有中文翻譯的日本作家，漱石位列前矛，在在顯示漱石廣受歡迎與尊敬之一斑。

留英期間寫下「文學論」

一八六七年十二月十九日，漱石出生於江戶（今之東京）牛込馬場下橫町，本名金之助。因民俗中庚申日出生者會成為大盜，為了祛除厄運，便在他的名字裡加了「金」字。後來漱石為鹽原家養子，一八七六年（明治九年）回到生父家，一八八八年才恢復夏目姓氏。這段不愉快的生活，後來在漱石小說投下淡淡的陰影。一八九〇年（明治二十三年）入東大英文系，一八九三年畢業。其間曾罹患神經衰弱症，到晚年為止發作過三次，漱石深受其苦。之後，歷任東京高等師範學校英語教師、愛媛縣尋常中學教諭、熊本第五高等學校教授。一九〇〇年以公費留學生身分前往英國倫敦留學，未獲學位即於一九〇三年返國。如以目前台、韓等開發中國家到美、日等先進國家留學，以獲取學位為最大目的的觀念來看，漱石的留學英國無疑是失敗的。可是，對他日後的文學創作及文學觀有決定性影響的，卻是留學期間完成的「文學論」；再者，如他後來在「十夜夢」的第七夜：「那不捨晝夜吐著黑燈發出巨大響聲向西航行的船」以及「我使出渾身的力氣，破壞過去，一直前進直到倒下為止」等，明顯象徵「文明開化」，也是留英時的體驗。另外，船員們常哼的小調：

西行之日，盡頭為東，果為真耶？東出之日，故鄉是西，此亦真耶？身處波上，以檝為枕，隨波漂流、漂流。

也隱含漱石對一味模仿西方、以西方為唯一取向的文明開化之批判。如果我們從這角度來看，漱石的留學英國是成功的，收穫之多豈是有形的學位所能比疑？

特立獨行‧拒絕博士學位

漱石回國之後受東大英文科及東京高等學校聘任為教師，這時候受到高濱虛子（俳句家）的鼓勵開始嘗試創作。一九〇五年一月發表「我是貓」，次年發表「少爺」。以開始創作的年齡而言，漱石或許應歸諸於大器晚成型吧！到一九一六年（五十歲）逝世為止，漱石的寫作生涯其實只有短短的十二年而已，可是他卻留下數十冊文藝遺產，最後則在伏案寫作中與世長辭。

一九〇七年（四十一歲）漱石辭去東大教職，轉入朝日新聞社。當朝日新聞社派人向漱石遊說時，其實東大已內定要升漱石為教授，不過漱石提出幾項要求獲得朝日新聞社首肯之後，毅然決然辭去了東大教職，這是需要相當勇氣和決心的。漱石向朝日新聞社提的條件有六，其一是所有的文學創作全部在朝日新聞發表（註一）；其二是分量、文類、長短與刊登時日皆隨漱石之意。漱石所持理由是：文學創作不同於其他東西，根本無法作機械式的限制，所以小說的篇幅不應該限制，有的長，有的短；可能一星期寫好幾篇，也有可能一個月才寫短短一、兩篇……。

漱石拒絕博士學位，至今仍為世人津津樂道。雖然今日博士學位的意義及其價值，已由代表個人學術研究總成績轉為具有獨立研究能力之證明；不過，依然是榮譽，是莘莘學子夢寐以求的。然而，漱石四十五歲時，居然拒絕了日本教育部準備頒給他的博士學位。

嗜讀漢籍奠下創作根基

辭去東大教職與拒絕學位兩件事，可見漱石獨立特行之一斑。不隨於流俗，不僅表現於現實生活，也表現在小說創作。

當時日本文壇的主流是自然主義，如島崎藤村、田山花袋、德田秋聲、正宗白鳥等皆是。自然主義採寫實方法創作，探討封建制度下「家」對個人產生的壓力，與個人追求自我解放之間的矛盾、葛藤，為明治文學創造了新面目。可是，另一方面自然主義標榜的無理想、無解決、忠實記錄平凡的人生實態，過度輕視文學的構想力；漱石及其門下曾大肆抨擊，形成一股中流砥柱的力量。

這種不隨流俗，忠於自己理想、堅持到底的精神，無論哪個時代都彌足珍貴。

漱石與英文、英國文學有密不可分的關係，他的學問一部分是從英文來的。一八九三年漱石曾經替外籍教師狄克遜英譯日本中世鴨長明的「方丈記」，甚獲好評。當時的漱石甚至還有意將來以英文創作與英人一較長短，可見他的英文相當優異。

不過，在這裡想強調的是漱石與漢學的關係。漱石在他的「文學論」（一九

○七年）說：「余少時嗜讀漢籍，學習時日雖短，然內心以為文學當如是的模糊定義，其實是從漢籍來的。」漱石從東京府第一中學轉入以漢學聞名的二松學舍（一八八一年）的理由就是為了研讀漢文。後來為了要唸大學預科，不得不學英語。然而，漱石對漢文並未中輟。一八八九年還以漢文撰成「木屑錄」，第一次使用「漱石」筆名；而「漱石」從哪裡取的呢？其實是取自「晉書」孫楚傳「漱石、枕流」，意思是頑固者、奇人、怪人之意。綜觀漱石一生，也真夠得上是頑固了，只是頑固得可愛。

漱石一生，由漢學轉英語，從東方文化轉為汲取西方文化，晚年又回歸到東方文化的探討、體悟，最後撰寫「明暗」（一九一六年）時與世長辭。歷經百年之後的今天，漱石的聲名非但毫無下墜之跡象，反有上揚之趨勢。其原因除了他遺留的豐富文藝遺產之外，與他崇高的人格和獎掖後進不遺餘力的性格（註二）也有莫大的關係吧！

漱石作品中的「我是貓」（一九〇五——一九〇六），是日本近代屈指可數的諷刺文學，對文明提出了銳利的批評。「少爺」（一九〇六）則以幽默輕鬆的筆調，描繪出江戶人的正義感。另外，以近代知識份子的命運為焦點的「三四郎」（一九〇八）、「然後」（一九〇九）和「門」（一九一〇），是漱石早期的三部代表作，鮮活表現他成熟的過程；後期的「行人」（一九一三）、「心」（一九一四）和「道草」，則探討了知識份子的孤獨與利己思想的醜惡。去世前的未完成作品「明暗」（一九一六），更顯現漱石「則天去私」的境地。漱石以嚴肅的倫理感貫穿所有作品，描繪人生的真實，在日本近代文學如高聳入雲的孤峰。

與漱石同時代的作家，如森鷗外、二葉亭四迷、石川啄木等，雖未直接受漱石影響，但與漱石彼此刺激、互為影響。活躍大正期前半的「白樺派」，其核心人物武者小路實篤、志賀直哉、長與善郎等，皆與漱石有很深的關係；甚至說「白樺派」是從漱石出發的也不為過。另外，「新思潮派」除受漱石賞識登上文壇的芥川龍之介，還有與漱石及夏目家密不可分的久米正雄與松岡讓。久米和松岡同時愛上漱石的長女筆子，後來筆子與松岡結婚，兩人因而不和。

看似冷淡實含真情

橫光利一的「機械」，對現實相對性認識，流動性人際關係，以及意識流的心理描寫等特色，都是從「明暗」學到的；而伊藤整的「氾濫」明顯繼承了漱石「明暗」的風格。戰後作家受漱石影響較深的有野間宏、福永武彥、大岡昇平等。

下文精選的「文鳥」，呈現漱石典型風格。對文鳥的仔細觀察與細膩描寫，可見漱石小品文的技巧與方法。漱石對於把文鳥活活餓死——硬將牠關入籠裡，卻未盡到餵餌食的義務——乙事，感到深深的愧疚和自責。文中數處提到的紫色衣帶的女孩，欲現又隱。勾起讀者的好奇卻又無緣一睹廬山真面目；處處表現漱石看似冷淡其實隱含真情的性格。

【註一】：非原文翻譯，取其大意而言。

【註二】：出入漱石「木曜會」（星期四會）的門下學生有鈴木三重吉、森田草平、芥川龍之介、野上彌生子、野上豐一郎、和辻哲郎、阿部次郎、安倍能成、小宮豐隆、赤木桁平等知名人士，除小說家之外，尚有哲學家、物理學家、評論家、文化學家等。受漱石的鼓勵和賞識而步入文壇或矢志文藝創作的有三重吉、草平和龍之介等。

文鳥

十月，我遷居到早稻田。當我獨自在如寺院的書齋，用雙手撐著臉頰休息時，三重吉前來央求我養鳥。「可以呀！」不過，我仍慎重起見問他：「養什麼鳥呢？」他回答：「養文鳥」。

我想文鳥既然在三重吉的小說出現，錯不了一定很漂亮，於是就拜託他買。三重吉卻一個勁地重覆：「一定要養喲！」我依舊撐著臉頰回答：「嗯！嗯！要買，要買。」三重吉在嘀咕中靜默下來了。我這才察覺到可能是對我撐著臉感到不快吧!?

大約三分鐘後，他又開口說：「請買鳥籠吧！」我回答：「當然買！」這次他沒有再重覆，卻說起鳥籠的事。他講得相當詳細，不過，很抱歉我將它全給忘了。在他談到好的鳥籠大約二十圓左右時，我冒出一句：「剛開始不必買那麼貴的吧！」三重吉噗哧笑出來。

接著我問他到底要在哪裡買鳥。他的回答實在很平常：「哪一家鳥店都有！」我反問：「鳥籠呢？」「鳥籠嘛！那叫什麼地方的有賣呢？」不著邊際的回答。我露出非麻煩他買不可的表情時，三重吉把手放在臉頰上說：「聽說駒込一帶有做鳥籠的名人，不過年紀已大，說不定已經去世了。」竟然真的擔心起來。

提意見的人總得負責任，這是理所當然的，所以我馬上將一切拜託三重吉。三重吉緊接著說：「錢拿來！」錢，我確實給了他。三重吉身上帶了個不知在那裡買的折成三折的魚子紋紙夾，習慣上不管是自己的錢或別人的錢都一股腦兒塞進這紙夾裡。我親眼看他把五圓紙鈔塞入紙夾的裡層。

錢，就這樣子落入三重吉手中；可是，鳥和鳥籠卻遲遲不見蹤影。

時光飛逝，轉眼間秋去冬來。三重吉仍常常來，都只是談些女人經之後就走了，文鳥和鳥籠的事隻字不提。陽光透過玻璃門滿滿曬在五尺寬的套廊上，我心想：真要養文鳥，在這春暖季節，要是把鳥籠擺在套廊，文鳥一定會叫得很好聽吧！

三重吉小說中寫的文鳥叫聲是「啾！啾！」看來他滿喜歡牠的叫聲。甚至他還曾愛慕過名叫「千代」（音Chi yo，與啾音接近）的女人呢！不過，他本人倒沒提過，我也沒問他。現在，套廊上陽光遍灑，卻無文鳥婉囀。

不久，降霜了。我每天在如寺院的書齋裡，寒著臉整理或弄亂書籍，雙手撐撐臉頰又放下。門裝了兩道鎖，火爐裡的煤炭不絕。文鳥這事，也拋諸腦後。

有一次三重吉興沖沖地從門口進來，那時是傍晚時刻。由於天冷，我把火爐燒得很旺，強裝出開朗的樣子；不過一下子就真的心情開朗了。三重吉帶了豐隆來，豐隆也有了麻煩。兩人各提了一只鳥籠，此外，三重吉還抱了個大箱子。五圓紙鈔變成文鳥、鳥籠和紙箱的是這個初冬的夜晚。

三重吉很得意地說：「你看看！」並吩咐豐隆把燈移近這兒。由於天寒，他的鼻頭有點發紫。

那的確是很漂亮的鳥籠。底座塗了漆，竹片削得很細，也染了色。三重吉說鳥籠三圓，豐隆一旁接腔直說好便宜；我自己根本不知道是貴還是便宜，也只有跟著說：「嗯！很便宜！」三重吉又補充說還有賣到二十圓的價錢呢！

「老師！這漆啊，在向陽地方曬了之後黑色會消失，紅色逐漸出現；還有，這竹子是煮過的喲！絕對沒問題。」三重吉不斷地為我說明，我反問他：「什麼沒問題呢？」「您看看！這鳥很漂亮吧！」

的確很漂亮。把鳥籠擺在下一個房間，從距離鳥籠四尺左右的這邊看過去，牠動也不動，陰暗中顯得更純白。要不是因為蹲在籠中，真不知牠是隻鳥；不過，總覺得有點冷。

我說：「有點冷吧！」三重吉回答：「所以才做了個箱子，晚上請把鳥籠放進箱子裡。」「鳥籠需要兩個嗎？」「簡陋的這個可以讓牠沖洗身體用。」我正感到有點麻煩時，三重吉又加了一句：「還有鳥糞會弄髒籠子，您要時常清掃哦！」為了文鳥，三重吉的態度相當強硬。

「是！是！」我剛承諾下來，三重吉接著又從和服的袖口袋拿出一袋小米，「每天早上得餵小米，如果不換餌，只要拿出餌壺把小米殼吹掉就行了。不這樣，文鳥不會啄有種子的小米，每天早上還要記得換水。老師早上起得晚剛剛好呢！」三重吉對文鳥的態度親切至極，我自己也什麼都答應了下來。這時，豐隆從口袋裡掏出餌壺和小水壺，整齊地排在自己面前。現在所有該具備的都齊全了，剩下的就是要我實際去做，情理上也不能不照顧文鳥了。內心雖然沒把握，不過還是下定決心養看看。心想：要是萬一照顧不周，家人一定會伸出援手吧！

三重吉隨即小心翼翼地把鳥籠放入箱中，拿到套廊說：「就擺在這裡吧！」然後就回去了。我在如寺院的書齋正中央鋪好床鋪，想到夢中還要為文鳥擔心時，不覺有點心寒；等到睡了後才知道跟平常一樣安穩、甜美。

翌晨醒來時，陽光已照到玻璃門。我馬上想到要餵鳥吃東西，可是一下子又起不了床；就在想著馬上就餵、馬上就餵當中，時間已過了八點。沒法子，只得趕緊起床光著腳到套廊，打開箱子把鳥籠拿到陽光下。文鳥猛眨眼睛。心想要是早點起來就好了，文鳥太可憐了！

文鳥的眼睛黑溜溜地，眼眶四周的紋路有如縫上的淺紅色絹絲，眨眼時絹絲驟然在一起匯成一線，但很快又恢復了圓形。當我從箱子取出鳥籠的一剎那，文鳥白色的脖子向右斜，滾動著黑眼睛第一次看我，然後「啾！啾！」地叫著。

我把鳥籠輕輕地放在箱上。文鳥「撲」地跳離棲木，但馬上又跳回去。棲木有兩根，以帶黑色的綠軸為橋，放置在適當的距離。牠那輕盈的腳是多麼纖細，在淺紅色的腳前端的爪子有如削成兩半的真珠，巧妙地搭在大小適當的棲木上。眼睛烏溜溜地轉。文鳥在棲木上轉了個方向，脖子不停地向左右轉，一下子歪斜馬上又伸直。正以為牠要往前移動時，白色羽毛又動了，文鳥的腳剛好落在前面棲木的正中央，「啾！啾！」地叫著。然後，遠遠地向我偷瞄。

我到浴室洗臉後繞到廚房，從碗櫥中拿出昨晚三重吉買來的小米袋，把小米倒入餌壺中，另一餌壺裡裝了一杯水，然後走到書齋的套廊。

三重吉是心思細密的男人，昨夜為我詳細說明餵餌的要領。依他的說法，胡亂打開籠門時文鳥會逃走，因此在用右手開籠門的同時，如不馬上將左手擺在下邊擋住文鳥的出口，是很危險的，取出餌壺時也要照同樣的要領。他還做手勢給我看，不過我卻忘了問：既然雙手都沒空，又如何把餌壺放入鳥籠呢？

沒法子，只得用拿著餌壺的手背慢慢地把鳥籠的門往上推，同時用左手塞住打開的門。文鳥微轉過頭，然後啾啾地叫，我用左手塞住出口已窮於應付，但看樣子牠不像是會趁人疏忽而逃走的樣子，總覺得牠很可憐。是三重吉教了我做壞事。

大手輕輕伸入籠中，文鳥突然拍起翅膀。暖烘烘的長毛在削得細細的竹片細縫拍動翅膀。我突然討厭起自己的大手，輕輕地把裝小米和水的餌壺放在棲木之間，然後趕緊縮回來，鳥籠的門「啪」地一聲關上。文鳥回到棲木上，白色的脖子轉成四十五度，仰望籠外的我，然後脖子伸直望著腳下的小米和水。我走進飯廳用餐。

那時候的日課是寫小說。兩餐飯之間的時間大都在書桌前執筆，安靜時甚至聽得到自己在紙上寫字的沙沙聲。習慣上沒有人會進入這寺院般的書齋。早上、白天、晚上都曾在筆的沙沙聲中感受過寂寞；不過，筆的沙沙聲戛然而止，或不得不停止的時候也不少。那時，習慣上用握著手的手掌頂著下顎從玻璃窗眺望狂風猛烈吹拂的庭院，然後用手指捏捏下顎，而文思中斷時，大都用兩根手指把捏過的下顎拉長。這時，套廊下的文鳥啾啾地叫了兩聲。

我擱下筆，靜靜走出外面一看，文鳥朝著我，白色的胸部往前突出，向前傾般停在棲木上「啾！啾！」高聲叫著。那啾啾聲好美，要是三重吉聽到了一定會很高興。三重吉臨走時曾保證：「文鳥習慣後就會叫，一定會叫的。」之後才回去。

我又蹲在鳥籠旁。文鳥鼓起脖子點了兩、三次，倏然一團白色的身體離開棲木上，說時遲那時快，牠漂亮的爪子已從餌壺邊緣向後伸出一半。小拇指輕輕一碰馬上會倒過來的餌壺，居然如吊鐘般紋風不動；文鳥輕盈如許，宛如雪的精靈。

文鳥的嘴巴突然落入餌壺正中央，然後向左右搖晃兩、三次。本來滿滿的小米稀哩嘩啦掉入籠底，文鳥抬起頭，喉嚨處發出輕微的聲音，然後嘴巴又落入小米正中央，再發出輕微的聲音。那聲音真有趣，靜靜地聽，又圓又細而且速度非常快。感覺像是三色堇的小人用黃金槌連續敲打著瑪瑙的棋子。

文鳥的嘴巴紅中帶淺紫，紅色逐漸流動，在啄米的嘴巴尖端一帶呈白色；是半透明的象牙白。嘴巴落入小米時的速度非常快，向左右揮灑的小米粒子似乎很輕。身體幾乎呈倒立狀態的文鳥嘴巴刺入黃色小米粒中，鼓起的脖子猛向左右揮舞。散落籠底的小米不知有多少？不過餌壺底仍然寂靜不動，可能很重吧!?餌壺的直徑大約一吋五分左右。

我回到書齋拿起筆繼續寫。套廊的文鳥吱吱叫著，有時也啾啾叫著。外面寒風吹拂。

傍晚看到文鳥喝水的樣子：牠細細的腳掛在壺緣，很珍貴似地仰頭吞下流入小嘴巴的水滴。心想像這樣子喝水，一杯水大概要喝個十天左右吧！我又回到書齋。晚上把鳥籠放入箱裡，就寢時從玻璃門往外一瞧，月亮高掛天空，還下著霜呢！文鳥在箱中靜悄悄地。

翌日仍然晏起，從箱中拿出鳥籠時仍過了八點。牠在箱中似乎也醒過來了。即使如此，文鳥並無不滿的樣子。正要把文鳥移到光亮處時，文鳥突然眨眼睛，很舒暢地縮脖子，看著我。

我以前認識一位美女。她斜靠在桌旁若有所思時，紫色衣帶纓垂得好長。我從後邊靠近，由脖子細處從上往下輕輕撫摸時，她慵懶地往後仰。那時她的眉毛擠成八字形，笑意從眼尾和嘴角綻出，同時縮起肩膀蓋住那美麗的頸子。當文鳥看我的時候，我突然想起了她；她現在已經出嫁了。我捉弄她紫色衣帶時，已是她決定婚事後的兩、三天。

餌壺裡還有八分左右的小米，不過摻雜著許多殼。水壺裡滿浮著小米殼，水濁得很，不能不換水了。我把大手伸入籠裡，儘管已經很小心，文鳥仍然嚇得白翼亂拍。縱使只拍落一根羽毛，我也覺得對不起牠。我把殼吹乾淨，殼在寒風中不知被吹向何處？我又換了水，自來水的水好冰冷呀！

那一天，在寂寞的筆聲中度過，偶爾也聽到啾啾的叫聲。我想文鳥是否也因感到寂寞而叫呢？可是到套廊下一看，牠卻在兩根棲木之間不斷地飛過來飛過去，似乎毫無不滿的樣子。

晚上把牠放入箱中。第二天醒來，外面是一片白霜。我想文鳥大概已醒了吧！不過就是起不來，連伸手拿放在枕邊的報紙都覺得厭煩，但卻抽了一根菸。心想：這根菸抽完後再起來把牠由箱中取出來，眼睛凝視著口中吐出的煙的去處。剎時，煙中隱約看到從前的她縮著脖子，瞇著眼，心情舒暢得眉毛皺在一起。我從床上起來，在睡衣上披了件短外褂，馬上到套廊下，取下蓋子，把文鳥拿出來。文鳥一從箱中取出就啾啾地叫了兩聲。

根據三重吉的說法，文鳥熟了之後，一看到人就會叫。三重吉現在養的文鳥，只要三重吉一靠近就會不停地叫；不僅如此，還會從三重吉的手指尖吃東西。我心裡盤算著那天也可以在指尖餵文鳥餌食。

次日早晨，我又偷懶。這次並沒想起文鳥，洗完臉吃過飯後才想到牠。走出套廊一看，不知何時鳥籠已放在箱子上。文鳥在棲木間高興地跳來跳去，偶爾還伸出頭來從下邊看看籠外的世界，那樣子好天真。從前的她喜歡穿長衣襟的衣服，身材高挑；有歪著頭看人的習慣。

小米還有，水也剩不少，文鳥很滿意似地，我沒換水也沒補充小米又回到書齋。

第二天還是起得晚，而且洗臉，吃飯前也沒到套廊瞧瞧。回到書齋後，心想是否像昨天那樣家人會幫忙從箱中取出鳥籠？我到套廊繞了一下，看到鳥籠果然已經拿出來，而且餌和水都是新的。我放心地又縮回了書齋，途中，文鳥啾啾地叫著，因此我把縮進來的頭又探出去看；可是文鳥不再叫了，以憂心的表情從玻璃門眺望著庭中的霜。最後我仍然回到了書桌前。

書齋裡沙沙的筆聲響著，已開始撰寫的小說進行得很順利。手指尖好冰冷，今早添加的佐倉煤炭已燒成白灰，懸掛在薩摩五德（註：三腳的圓形台，大都是鐵製，亦有陶製。置於火爐灰中，上面可放鐵瓶或鍋子）的鐵瓶幾乎是冰冷的。炭筐空空如也。我拍拍手，廚房那邊大概沒聽到，我站起身來打開門，文鳥跟往常不同，站在棲木上一動也不動，仔細一看只有一隻腳。我把炭筐放在套廊上，彎著腰從上邊往籠中仔細瞧，再怎麼看都只看到一隻腳。文鳥把全身的重量都交給了這隻纖細的腳，默默地站在籠裡。

我感到不可思議，對文鳥說得極詳盡的三重吉偏偏漏掉這一點。我在炭筐裡添加煤炭回來時，文鳥的腳仍然只有一隻。在寒冷的套廊站著看了一會兒，文鳥毫無移動身體的意思。我儘量不弄出聲響注視著牠。文鳥圓溜溜的眼睛逐漸變小，我想牠或許想睡了。正想悄悄地回到書齋，才剛跨出一步時，文鳥又睜開了眼睛，同時從純白的胸前伸出一隻小腳。我關上門，在火爐裡添加了煤炭。

小說越寫越忙，早上仍然晚起。自從家人幫忙照顧文鳥一次之後，不知怎地感覺上自己的責任似乎減輕了。家人忘記時，我就親自餵餌食、加水並做早晚收放鳥籠的事。我自己不做時就叫家人做，如今我的任務似乎就剩下聽文鳥的叫聲了。

即使如此，我只要到套廊，一定就站在鳥籠前觀察文鳥的樣子；牠在狹窄的籠裡大致上不會感到難過，在兩根棲木間高興地飛來飛去。天氣好的時候，陽光會透過玻璃門照到鳥籠，文鳥頻頻啼叫。不過，距離三重吉所說的看到我就會一直叫而且聲音響亮的時候還早呢！

當然也還不會到我的手指尖吃東西。偶爾在我心情好的時候，會嘗試用食指尖沾些麵包粉從竹片隙縫中伸進去看看，不過文鳥絕不會靠過來，稍微粗魯地伸進去深一些時，文鳥還會嚇得白色翅膀亂拍、在籠內胡亂蹦跳。我試過兩、三次之後感到不忍心，就決定永遠不再玩這種把戲。我很懷疑世上真有這種事，這該是古代聖賢才辦得到的吧！三重吉一定是在吹牛。

有一天，我在書齋裡如往常寫作。寫到寂寞情節時，突然有美妙的聲音傳入耳中，套廊有「沙拉！沙拉！」的聲音發出，宛如女人解開長衣服下襬時發出的聲響，只是聲音很誇張。我停下了手上寫的小說，握著筆桿走到套廊瞧個究竟，原來是文鳥在洗澡！

水是剛換的、新的。文鳥輕輕地把腳放入水壺裡，水淹到胸毛部位，白色翅膀向左右張開，很舒服地蹲下將腹部貼到水底，文鳥把全身的毛抖動了一下，然後輕巧地飛上水壺邊緣，過了一會兒又跳過去。水壺的直徑不過才一吋五分左右，只能淹到腳和胸部而已。儘管如此，文鳥仍然洗得不亦樂乎。

我趕緊取出替換的鳥籠，把文鳥移過去，然後拿噴壺到浴室裝水，從鳥籠上面噴灑。噴壺的水快灑完時，從白色羽毛掉落的水滴變成小珠滾了下來。文鳥不停地眨著眼睛。

從前被我捉弄紫色衣服的那個女人當藝妓時，我從二樓用小鏡子讓春陽的反光照射在她的臉上逗她。她抬起微紅的臉頰，用纖纖細手遮住前額猛眨眼睛。或許她的心情和文鳥一樣吧!?

隨著時日轉移，文鳥的叫聲更加甜美；不過我卻經常忘記餵食，曾有過餌壺只剩下小米殼的時候，也有籠底積滿鳥糞的時候。某晚晚宴歸來，冬夜的月光從玻璃門瀉入，廣闊的套廊景物依稀可辨，鳥籠靜悄悄疊放在箱中，文鳥縮在角落裡的棲木上微微泛白，似有若無。我把外套的羽毛翻過來，然後馬上又把鳥籠放入箱中。

翌日，文鳥如往常精神充沛地啼囀。往後的日子我依然健忘，有時甚至在寒夜時也忘了將鳥籠收入箱中。有一天晚上如往常在書齋裡專心寫稿時，突然套廊傳出東西翻覆地上的聲音；不過我並未起身，仍然繼續趕寫小說。如果特意趕去瞧個究竟，卻發現什麼事也沒有時，是會感到懊惱的；但也並非完全不在意，雖豎起耳朵，卻裝作不知。那晚過了十二點才就寢，上廁所時仍擔心會有什麼事，於是順便繞到套廊下，一看——

鳥籠從箱上滾落下來，而且向一旁翻覆了。水器和餌壺傾倒了，小米滿地都是，棲木也掉了出來，文鳥靜靜地緊抓著鳥籠的橫木條。於是我決定，從明天起不讓貓進入套廊。

第二天文鳥沒叫。我把小米裝滿，水也填滿，文鳥單足站在棲木上好久也不動一下。午飯後，準備寫信給三重吉，才寫了兩、三行時文鳥就啾啾地叫，我停下寫信的筆，文鳥又啾啾地叫，我走出來一看小米和水減少了很多。信因此撕掉了。

第三天文鳥又不叫了。牠從棲木下來，把腹部貼在籠底，胸部有點鼓起，看得出纖毛如小波浪般顫動。早晨我接到三重吉的信：為那件事，請到某某地方來。信上說明等我到十點為止，所以我把文鳥扔在套廊就出去了。見了三重吉談那件事，兩人不但一起吃午飯，甚至談到邊用晚飯，還約好次日見面後才分手回家。回到家中已是晚上九點左右，我把文鳥的事全給忘了，疲倦得躺在床上呼呼大睡。

翌日似醒未醒時候就惦記起那件事。儘管當事者自己說了解，可是嫁到那地方不會有好結果的；可能是大家說還僅是小孩子，什麼地方都去得才想去的吧？可是，一旦去了就不是隨便走得了的。這世上有許多自己雖滿足，實際上卻陷入不幸的人，想到這裡，我趕緊用完早餐，剔過牙縫的殘物，馬上又出門去解決那件事。

當天回家時已是下午三點左右。在玄關把外套掛起來，要進入通往套廊的書齋途中，順便到套廊下一看，鳥籠放在箱子上邊，可是文鳥卻仰臥籠底，雙腳僵硬，身體直直的。我站在鳥籠旁邊，注視著文鳥，牠的黑色眼睛緊閉，眼眶的顏色也變成淺褐色。

餌壺裡盡是小米的殼，連一粒小米也找不到，水器裡一滴水也沒有。西下的落日透過玻璃門斜照到鳥籠上。塗在底座的漆，如三重吉所說的不知何時黑色已消失，都變成紅色了。

我望著冬陽下的朱色底座；望著空空的餌壺、空空的兩根棲木，還有那躺在棲木下僵硬的文鳥。

我彎下腰用雙手抱著鳥籠，抱進書齋。把鳥籠放在十帖大的書齋正中央，恭敬地打開鳥籠的門，將大手伸進去握住文鳥，牠柔軟的羽毛已冰冷。

將握著文鳥的拳頭從鳥籠伸出，張開手掌，文鳥靜靜地躺在手掌上。我注視了一陣子已死的文鳥，然後把牠輕放在坐墊上，然後用力地擊掌。

十六歲的下女應聲進來，跪在門檻旁。我驟然抓起坐墊上的文鳥扔向小下女面前，下女低著頭，看著榻榻米沒作聲。我瞪著她說：「怎麼沒餵小鳥吃東西？小鳥死了！」下女仍然默不吭聲。

我轉向書桌，寫明信片給三重吉：「家人忘了餵東西，文鳥已經死了。硬把牠關入籠裡，卻沒盡到餵餌食的責任，真是太殘酷了。」

我對下女說，把這張明信片拿去寄，還有把這文鳥拿到那裡去。下女反問要拿到哪裡時，我怒斥她：「要拿到哪裡隨你高興！」下女嚇得往廚房方向跑走了。

過了一會，後院有人叫嚷著小孩在埋文鳥。請來打掃庭院的花匠說：「小姐，這地方不好吧！」我不想理會它，仍在書齋繼續寫那進行得不太順利的小說。

翌日，不知怎的頭好重，到了十點左右才起床。洗臉時朝後院一看，昨天花匠說的地方，有一小塊木牌和木碑並列著，高度比木碑低。我穿著拖鞋，踩碎背陽的霜塊走近一看，牌子上寫著「禁止爬上這土堆」那是筆子（註：作者之長女）的字跡。

下午，三重吉的回信來了。只談到文鳥很可憐，至於家人不好或殘酷等則隻字未提。

堀辰雄

一九〇四年十二月二十八日～一九五三年五月二十八日

堀辰雄一生，大半在孤獨的病床度過，
所以他的文學，
社會性、日常性都極為淡薄，
反而傾注全力，
在生、死與愛三大主題上，無盡的探索。
事實上，他的現實人生和他的創作一樣，
所有的追求和煎熬，都離不開這個基調。

名作家遠藤周作是堀辰雄（一九〇四——一九五三）的弟子之一，此外尚有立原道造、津村信夫、野村英夫、中村真一郎、福永武彥、加藤周一、矢內原伊作等，都受到堀辰雄很大的影響。

輕井澤和追分皆位於長野縣東部，前者是避暑勝地，也是夏目漱石「道草」、「彼岸過迄」……等多數文學作品的舞台，此外有正宗白鳥的文學碑、室生犀星的詩碑……等。日本近代文學經常會出現輕井澤和追分這兩個地方，不過，恐怕沒有像堀辰雄這般深愛輕井澤的作家了。

堀辰雄五十年歲月中，將近三十年在輕井澤度過，臨終時在追分的家中。堀辰雄與輕井澤的邂逅，是由於詩人室生犀星的關係。大正十二年（一九二四）五月，二十歲的堀辰雄是第一高等學校的學生，透過第三中學校長廣瀨雄的介紹，認識了室生犀星。

室生犀星在「我所愛的詩人傳記」中，談到初見堀辰雄的印象，他說：「某日，由母親帶來的堀辰雄，穿著碎白點花紋的棉布、和服的褲子、戴著一高的帽子。這位出身良好、氣質高雅的青年，離去之前一直沒有發問過。圓臉的母親一副富裕人家的模樣，似乎是不太會說話的人。」

那年夏天，堀辰雄在室生犀星的帶領下，第一次到輕井澤盤桓數日。在蓋有八月四日郵戳，從輕井澤寄給神西清的明信片上談到：「陪我散步的朋友是洋煙和詩人犀星」。犀星生於明治二十二年（一八八九），較堀辰雄年長十五歲。

鄉下出身的犀星眼中，東京人的堀辰雄並不十分穩重，似乎缺少了雄糾糾氣昂昂的男子氣概。對二十歲的堀辰雄而言，輕井澤是美麗的地方，有名詩人作陪，又可以看到許多比向日葵還高的「異人」（外國人）；是充滿樂趣的別墅區。

拜芥川龍之介為師

同年（一九二四）秋天，堀辰雄在室生的引介下認識了芥川龍之介。隨後，堀辰雄寄了兩篇詩給芥川，芥川回了如下的信：

（前略）很抱歉用稿紙回你信。拜讀你的兩篇詩，很了解你藝術上的心境。跟你見面或許讓我了解到以前不了解的。不要放棄你得到的，繼續前進吧！（不過，我不是詩人，而且也公開說過我是不懂得詩的人；因此，我並沒說「相信我的話」。相信不相信是你的自由。）我想你的詩，尤其是街角的光景，很貼切地捕捉到了，因此，我覺得可以放心談談藝術。你送我詩，我認為對我，比為你自己更有好處。其實除了你之外，還有一位在室生君那兒，前陣子也來拜訪我；不過，我只發現我無法為他做什麼。你跟他不同，對我來說很愉快，如果對你也是愉快的那就更好了。以上是我回你的信，不過你不要認為寄給我一定能收到回信。我大致上是不回信的，我自認天生不擅長寫信，以後如果我沒有回信，請勿見怪！

芥川在這封信的四年之後，即昭和二年（一九二七）七月二十四日自殺了。晚年的芥川對堀辰雄特別疼愛，令當時的文學青年羨慕極了。對於年輕的堀辰雄而言，能結交到兩位文壇名人，實在是夠幸運的了。大正十三年（一九二四）八月，堀辰雄訪問在金澤的犀星，回程到輕井澤拜訪投宿那兒的芥川，這是堀辰雄第二次到輕井澤，與芥川的關係更為密切。

處女作的「聖家族」

翌年夏天，二十二歲的堀辰雄第三次到輕井澤，這次對堀辰雄的影響相當大；在那兒和芥川一起度過相當的時日，而且還要透過芥川認識了松村峰子母女。松村峰子以片山廣子的筆名翻譯冰島文學，本身也寫和歌，較芥川年長十四歲，對堀辰雄的文學也有很大的影響。

堀辰雄曾談到「『更級日記』是我從少年時代起喜歡看的書。而，在我充滿著理想、幻想，整個心被外國文學佔據得滿滿的時候，某天松村峰子為我解說像壓花發出幽雅氣氛的日記；或許因此我記起那幾乎被我遺忘的古時候日本女性的樣子。」

「更級日記」是菅原孝標（一〇〇八——？）之女寫的。作者係地方官之女，日記是從父親卸任，隨父從上總出發到回到京都的紀行寫起的。裡頭談到了京都的生活、宮廷情形以及戀愛和對愛情的幻滅、痛苦，最後寫到夫死，留下孤零零的自己，是描述女人一生的日記。堀辰雄後來發表了系列的王朝文學，作品中女性的原型，無疑是從「更級日記」等王朝文學脫胎而來的。

松村峰子有一女，以宗瑛筆名發表小說。堀辰雄對宗瑛到底有多大的愛意？這是很難了解的；不過有愛慕的跡象應是不爭的事實。四個人的關係後來發展成處女作「聖家族」。

「聖家族」是昭和五年（一九三〇）十一月在「改造」雜誌發表的作品。堀辰雄寫這部小說時好像被什麼附身，大約一星期就完成了，其中對芥川的死（昭和二年七月二十四日）以及自己的生與死與愛的問題積極尋求解決之道；作品裡以九鬼的死為軸，描述細木夫人對絹子和扁理的愛戀心理。愛、生、死三主題如齒輪般緊緊契合，有規則地運轉，九鬼的模特兒是芥川，細木夫人是片山廣子（芥川晚年鍾情的女歌人）而絹子即宗瑛，所以河野扁理就是堀辰雄本人。「聖家族」發表後，當時新感覺派的大將橫光利一讚賞說：

「聖家族」的內部和外部一樣，對象宛如肉眼能看得到，向我們清晰顯示現實的內部。「聖家族」有如海底充滿典雅的未知世界，具端莊姸美的雍容結構。

神西清對橫光的讚辭表示：「我們當時多少都有這樣的感覺。」

堀辰雄讀的書

堀辰雄在「受影響最大的書籍」中談到：「十九歲左右讀萩原朔太郎的詩集『青貓』，認識到詩是什麼？從那之後我受到許多人的影響，即使現在偶爾也會意識到自己的作品受『青貓』的影響是多麼大啊！」萩原朔太郎受叔本華、尼采思想的影響，心裡充滿著絕望的悲哀與不滿的焦躁；「青貓」裡充分表現這樣的心情。當時堀辰雄住在一高宿舍，黃昏時抱著黃色封面的「青貓」上二樓，沉溺在「青貓」的世界裡，夕陽的餘暉把堀辰雄的影子照在牆壁；有如青貓的影子。

啊！在這大都會的夜裡，
踩著的是——
一隻青貓的影子，
是在訴說人類悲傷歷史的貓之陰影；
是我們不斷追求幸福的藍色影子。
（「青貓」）

如果我們翻閱堀辰雄最早的讀書記錄——「一九二五年夏在輕井澤」的備忘

錄，可見到史坦達爾的「紅與黑」、梅里美的「卡門」、「可倫坡」、「愛特爾利亞的花瓶」和「伊爾的維納斯」、普希金的「斯佩特的女王」、阿那特爾富蘭斯的「在白色石頭上」、「紅百合」……等。堀辰雄的文學觀和小說技法的確受到外國很大的影響，甚至說模仿也不為過。

堀辰雄剛接觸法國文學時，最感興趣的作家是梅里美。昭和五、六年寫的「幽會」、「窗」等作品很明顯受梅里美的影響。堀辰雄接觸到梅里美神秘的羅曼蒂克主義世界及其明晰的古典式文體，於是下決心朝文學之路前進；或許，堀辰雄從那兒找到了自己的文學故鄉。

堀辰雄晚年向日本古典文學傾斜，跟對梅里美的傾斜有著相同的軌跡。梅里美小說中瀕死的少女對男主角「在這世上是多麼幸福」的叫喊仍呢喃著「我愛你」；堀辰雄「曠野」的女主角默默死去，但是她的愛如夏娃，自古以來即背負著戀愛的不幸。戀愛越不幸愛越淨化，在這種宿命式愛的悲哀中，兩者性質相同。

從大正十五年左右開始，堀辰雄熱衷法國的現代詩人拉第葛（Raymond

Radiguet，一九〇三——二三），在「詩人也計算」的隨筆中說：

今天眾多小說中，我覺得真正的小說是年輕的列蒙拉第葛寫的「舞蹈會」。這部小說最打動我的是作者以異常手腕虛構鮮活的人間社會。

堀辰雄進一步分析自己為什麼會對拉第葛的作品感動：

我讀拉第葛的小說，無論「被附身的」或「舞蹈會」，最受感動的是那是純粹的小說；即作品中作者毫不告白。我想把這種毫無告白，一切都是虛構的小說稱為純粹的小說。

日本作家受拉第葛很大影響的除了堀辰雄之外還有三島由紀夫。然而，堀辰雄注意到拉第葛的「羞恥」部分，因此，小說有戀愛情節卻無性慾的「色彩」；

而三島由紀夫則著眼於「性」的表現，如「假面的告白」或許可說是情慾小說而非愛情小說。

「美麗的村莊」之手法

堀辰雄完成「聖家族」之後，喀血得很厲害，於是回到向島的自宅療養，翌年（昭和六年）八月轉到輕井澤養病，這段期間閱讀神西清送他的普洛斯特的「追憶逝水年華」。後來在以寫給神西清信函形式的「普洛斯特雜記」，分析普洛斯特的技巧，對其不把人當動物而當植物的態度表示強烈的認同。普洛斯特對堀辰雄的人生觀和方法論產生了巨大的影響。

從昭和八年（一九三三）七月到九月撰寫的「美麗的村莊」，描寫輕井澤的田園交響曲，不過，並非當地風景的寫實，而是堀辰雄的心象風景，與意識內的心象風景交織而成的。沒有日常生活的描述，也沒有動人的情節，因此對一般人而言可能覺得索然無味。然而，發表時河上徹太郎把「美麗的村莊」置於「聖家族」之上，還說「不管今後有什麼作品出現，無疑是昭和九年的大傑作之一。」

堀辰雄在「美麗的村莊」，為了凸顯主題，採音樂式的表現方式。而主題即表現，表現即主題，在這方法的運用上「美麗的村莊」是成功的。堀辰雄撰寫期間，認識了住宿同一旅館也是來養病的矢野綾子。有一天他在窗邊看到一位像向日葵的少女，戴著黃色帽子，個子高瘦，有一雙明亮的大眼睛。之後，他每天都期待早上固定時刻看到那背著畫具的少女經過窗前；這位少女就是後來「起風了」的模特兒矢野綾子。

堀辰雄與矢野綾子的戀愛逐漸成熟，昭和九年（一九三四）九月兩人訂婚。喜歡畫畫的綾子在自家有畫室，但翌年春天，畫室卻變成病房，七月住進富士見的療養院。常發燒臥床的堀辰雄，為了養病兼看護綾子，也住進療養院。然而，綾子的病情並未起色，還沒來得及披上嫁紗，十二月時即香消玉殞了。堀辰雄化悲傷為力量，寫了「起風了」，這是堀氏的名作，也是給綾子的安魂曲。

堀辰雄與里爾克、摩略克

大約是撰寫「起風了」的兩年前，堀辰雄即接觸里爾克作品。柯克特爾、拉第葛、普洛斯特等影響堀辰雄的主要是創作手法，而里爾克使他內部起了較大的變革。堀氏把來自里爾克的影響轉化為自己的血與肉，對生與死與愛的看法有了更深的見解。堀辰雄昭和十二年（一九三七）四月四日寄給富士川英郎信中，談到對里爾克「安魂曲」的讀後感：「去年夏天讀『安魂曲』，有第一次認識到詩的深刻感覺。」

堀辰雄從里爾克學到詩的新方法，同時也從現代法國作家摩略克認識到什麼是真正的小說，學到「捨棄自己的重要性」，還對摩略克「即使最客觀的小說背後，也隱藏著小說家本身的悲劇；不過，越不把個人的悲劇洩露到外面來，越是天才的技巧。」的話深表贊同。此外堀辰雄還以摩略克「我們可以擁有兩種慾望，即一方面想寫理論的、理智的小說的慾望；另一方面想描寫不合理的、不確定、複雜的鮮活人物的慾望」的觀點作為自己往後的課題。昭和十六年（一九四一）的「菜穗子」即為受摩略克小說觀點影響的產物。

「菜穗子」達到創作巔峰

堀辰雄人生大半時光都在孤獨的病床度過，其文學的社會性和日常性極為淡薄。如果說「起風了」是堀氏一生追求的生與死與愛的三個嚴肅主題的開花與結果，那麼「菜穗子」即為堀辰雄把舞台設定在世俗、日常生活的唯一作品。「菜穗子」分為二十四章，主要人物有菜穗子、明、圭介三人；不過，作品中圭介的影子極為清淡，只在第十章中占較大篇幅，全書大半篇幅描寫菜穗子和明兩人。堀氏在「菜穗子」採用間接描述法，即透過菜穗子觀點描繪明和圭介；又透過明的觀點描繪菜穗子、早苗。此外，另一特色是人物之間的對話極少。與堀辰雄同為「四季」派的作家中村真一郎，指出「菜穗子」是「最小社會與最少人物」

的、像小說的小說。

小說中，菜穗子與明常處於平行線上，只有一次碰面、對話；那是明到菜穗子養病的療養院時。另一方面，明與圭介則永遠走在兩條平行線上，圭介甚至不知有明的存在，當然不可能對話；而菜穗子與圭介雖有對話，但心理上兩人仍踩著平行線。從這角度來看，或許「菜穗子」是不像小說的小說，是難懂的小說；不過，它不是以情節取勝，重點在於描述女主角菜穗子心中的愛情，是意識性悲劇小說。「菜穗子」是堀氏文學的巔峰，同時也暴露他文學的極限。

回歸傳統文學

晚年的堀辰雄回歸日本傳統文學。第一部取材自王朝女流日記「蜻蛉日記」寫成的小說也命名為「蜻蛉日記」，著眼於原著主角的悲劇性，想描繪的是「戀愛女性的永遠樣子」；跟里爾克一樣認為活在真正戀愛中的女性應該受到永遠的祝福。之後，取材自王朝的作品有「姨捨」、「曠野」、「物語中的女性」等，堀氏的這些「歷史小說」是回歸到古代，讓古人的心在現代復活，然後作者以現代人活到古人心中的寫法。

結語

綜觀堀辰雄一生，文學受本國作家芥川龍之介及萩原朔太郎、室生犀星等的影響，同時也受到里爾克、拉第葛、普洛斯特、摩略克等外國作家的影響；他從不隱瞞作品有來自外國的影響。

生與死與愛，一直是堀氏文學創作的三大主題，然而，當我們審視他的一生，現實生活中的他不也一直認真地追求、享受這三大主題，當然也深受這三大主題的束縛與煎熬，不是嗎？

開創日本推理小說新紀元

松本清張

一九〇九年十二月二十一日～
一九九二年八月四日

一般把小眾的東西推向大眾時，質的方面難免會下降，然而，松本清張把日本推理小說從小眾推向大眾，卻靠著質的提昇。談到松本清張，馬上浮現腦海的是「開創日本推理小說新紀元的作家」。

松本清張一九〇九年十二月二十一日生於福岡縣北九州市，作家之前曾在朝日新聞工作過一段時日。昭和二十六年（一九五一）以〈西鄉札〉應徵《週刊朝日》的「百萬人的小說」徵文，以三等入選。〈西鄉札〉以複眼手法描繪悲戀和謀略的故事，這是清張寫作之始，後來的〈某『小倉日記』傳〉獲第二十八屆芥川獎。芥川獎給的對象是純文學新人；清張的推理小說文學性很高，與他從純文學出發有相當大的關係。

從發現動機開始

一九五五年發表的〈監視〉，是清張真正邁向推理小說的作品；以懸疑手法，描繪刑警因搜查犯罪證據的需要，監視他人的日常生活。他不滿舊有作品把重點放在詭計（trick）及意外性，而輕視動機的寫法；認為動機在人犯罪中是最重要的因素，追查動機與描繪性格、描寫人是相通的，因此稱自己的推理小說是「從發現動機開始的」。清張以「監視」開拓了社會派推理小說的新領域。五六年發表的《顏》（臉），寫的是一個小明星九年前殺死一個女人，後來有機會參加電影演出；但是，成功的代價卻是把自己非隱藏不可的臉，暴露在觀眾面前。〈顏〉獲得第十屆日本偵探作家俱樂部獎。

《點與線》（五八年）是清張的第一部長篇小說，內容梗概：在博多海岸被發現的某部官員和料理店女服務生服毒殉情事件，其實是面臨著貪瀆被揭發、經常在某部出入的機械工具商人安田辰郎和妻子導演的殺人事件。安田等利用列車時刻表建立的不在場證明，被兩位刑警破解，最後兩個犯人也自殺了。小說中，有智慧性的推理描述、犯罪動機的追尋，暴露出官僚機構及經濟界黑暗的一面。現代性動機、清新文體及打破舊式不在場證明的窠臼，連非推理小說迷的一般人都被迷住了。《點與線》是把推理小說從「小衆」推向「大衆」的作品，松本清張認為，歷史上被留下的某些史料是點，點刺激想像力；而在點與點之間存在著無數的線，我們從其中選擇一條線進行假設、推演。

《點與線》之後，重要的推理小說有《零之焦點》（五九年）、《黑色的畫冊》（五九——六一）等都是暢銷書。《小說帝銀事件》（五六年）獲文藝春秋讀者獎。

現代小說、時代小說

松本清張的本領如果只在推理小說方面，可能造就不了今日的清張；其實，他還將社會派推理小說的技法應用到現代小說、時代小說，以及取材自現代史的推理小說的變奏。《波之塔》（五九——六〇）描寫年輕檢察官和有夫之婦的悲戀，牽涉到檢察官負責偵辦的瀆職事件的內幕；這是清張借用推理小說的手法寫現代小說。此外，六五——六六年發表的《沙漠之鹽》是現代小說系列中品質最高的；一對為了結束亂倫之愛的男女，從開羅到貝魯特……，在沙漠不毛之地，無情的空間，兩人的身影更顯得淒涼。時代小說方面有：《天保圖錄》（六二

——六四）描寫為了挽回幕府的不振而實施的天保改革，在時勢的衝擊下遭到挫折；其中對幕僚長水野忠邦的決斷、苦惱和幕府內閣的權謀刻劃入微。《象徵的設計》（六一——六二）寫的是為確立日本陸軍建軍精神而深思苦慮的山縣有朋。

除了上述現代小說、時代小說，松江清張文學還有值得大書特寫的，那就是以社會派推理小說的手法——利用小說的虛構，揭發隱藏於現實背後的可怕、可憎的意志——將文學轉化為強有力的告發文學，亦即，作者從虛構事件轉向不可解的社會結構的黑暗面，實證中加入推理。這也是松本清張長篇小說能長期擁有衆多讀者的原因所在；另一方面，純文學作家對清張的這種文學提出輕文學變質論。

文學變質論的實踐

這方面，第一部成功的作品是一九七〇年發表的《日本的黑霧》，針對日本在美軍佔領下發生的，至今仍真相不明的重大事件，以推理小說方式企圖解開的短篇系列小說集。如〈下山國鐵總裁謀殺論〉寫的是：昭和二十四年的下山總裁被壓死，雖然以自殺結案，但是，清張提出死者解剖的紀錄——衣服和身體被油、染料弄髒的情形，及列車行進的相反方向發現血跡等的疑問，認為不能完全排除有他殺的可能。推測事件背後存在著巨大的權力，企圖調整國鐵的人事、阻止前進勢力的過度擴張，與佔領的日本政府有很深的關係。又如〈木星號遇難事件〉：木星號在三原山遇難，事件後的情報操作中，企圖掩飾美軍管制官的過失。其他有〈帝銀事件之謎〉、〈白鳥事件〉、〈伊藤律問題〉、〈松川事件〉……等。搜集衆多資料，進行檢討、分析，以獨特的推理填補空白部分，有人對「一切都是佔領軍的計謀」的結論，抱持懷疑態度，但是清張提出反駁：「並非開始就以反美的意圖推理，而是事件追查的結果是這樣的」。

同一系列的《昭和史發掘》（六四——五）清張以七年歲月寫成。他關心的不只是事件的裡面史，而是從正面轉移到「發掘」、填補現代史空隙的史實。從「陸軍機密費問題」到「二、二六事件」總共設了二十章，考察的範圍廣及政治、社會、文化、學術、宗教等領域，對資料進行搜集、調查、取捨、分析等；其中尤以「二、二六事件」之章是壓卷之作，有許多初次曝光的秘密文件和個人的回憶。名史學家家永三郎說「實證方面，超過這個的研究尚未出現」，可見松本清張在史學方面的卓越能力。

清張也說：當然，只有資料無法明白事件的原形。資料與資料之間，大多不連續且不相關，只是一連串的號碼而已，那裡存在著大片空白的洞穴。我的方法是模倣歷史學家利用資料企圖恢復時代的原形，歷史學家收集可靠的資料，重建秩序，綜合判斷，重組歷史；不過，要以少量的資料做客觀的復原是困難的，因為失去的資料比留下的資料多。以留下的資料為基礎，對脫落的部分推理，是史學家的「史眼」，因此，我這系列的方法是模倣史學家的方法，也是以這意圖寫的。（為何寫「日本的黑霧」）

由此可見，清張的社會派推理小說手法與現代史敘述之間的相關連。

古代史研究

松本清張的另一領域是以古代史及考古學性質的古代為對象的著作。清張在朝日新聞西部本店廣告部工作時，受校對主任的影響對考古發生濃厚興趣，為了排除工作的枯燥無味，遍訪坐落於北九州的衆多古墳和遺跡，甚至把足跡延伸到京都、奈良。當了作家之後，遙遠的古代時空的無數謎題，成為清張實證和推理的對象。《斷碑》描繪考古學界的鬼才提倡新學說，但是被夾在官學的厚壁之間，受到排擠而孤立！宛如露出長牙的一匹狼，最後卻滿身創痍，鬱鬱不得志而死。〈石之骨〉寫的是考古學者對抗學閥的強大壓力，一輩子研究日本舊石器時代的固執與絲毫不減的熱情。〈陸行水行〉（六三——四年）是以古代史為素材的長篇推理小說，可見其古代史造詣之深。此外還有《古代史疑》（六六——七年）是專門的古代史著作，連專家都不敢忽視。

綜觀松本清張一生，創作取材範圍之廣，能出其右者幾人？範圍從世界性政治問題到經濟事件、跨國公司破產等充分反映現代的問題；另一方面，如《日本的黑霧》、《昭和史的發掘》等照射出日本明治、大正、昭和的近代史的黑暗部分。此外，還將探照燈伸展到日本古代史及考古學，《火之回路》即探討祆教對飛鳥文化影響的推理小說，同時，清張的推理小說也運用在歷史小說方面，如《蜻蛉繪圖》；舞台更擴展到中近東地區……。《砂之器》、《點與線》、《火之回路》、《野獸之道》……等多數作品被改拍成電影。

河川的哲學與文學

宮本輝

（一九四七年三月六日～）

青壯派作家中，

宮本輝是值得注意，頗具實力的名家。

他的文學始終與河川脫不了關係，

始終圍繞著生與死的主題打轉，

造就宮本輝極其獨特的哲學和文學世界。

河川，在文學作品經常象徵著時間的流逝，孔子在川上不也說「逝者如斯」嗎？一九四七年三月生於兵庫縣神戶市的宮本輝，其作品就和河川有很深的關係。

以「泥河」登上文學舞台

大學畢業後，在廣告公司工作過一段時期的宮本輝，於一九七五年八月辭掉工作，專心寫作，並加入同人雜誌「我的伙伴」，發表「螢川」、「船家」等習作。七七年以改寫自「船家」的「泥河」（登上文壇之作）獲第十三屆太宰治獎；十月發表「螢川」獲第七十八屆芥川獎。七八年四月發表「道頓堀川」，合「泥河」、「螢川」為河川三部作。

七九年七月，出版小說集「虛幻之光」，描繪獨特的生死觀。八十年四月出版第一本隨筆「二十歲的火影」，有著宮本輝本身濃厚的青春自畫像和傳記性質；雖說是隨筆，卻有短篇小說的韻味。八一年四月出版「星星的悲哀」，五月出版「道頓堀川」。

八三年十月出版第二本隨筆「命之器」。八四年七月出版描繪父親半輩子生活的「流轉之海」，共五冊，甚受文壇矚目。八五年三月，出版以輕井澤為舞台的「避暑地的貓」。八六年十月，出版在「新潮」連載過的「優駿」（獲第二十一屆吉川英治文學獎），後來改拍成電影，甚受好評。八七年六月，出版由九篇短篇小說構成的「五千次的生死」。八八年擔任該年創設的「三島由紀夫獎」的評審委員。八九年三月，出版以曼谷為舞台的長篇小說「愉樂之園」；九月出版在「每日新聞」連載的長篇小說「海岸列車」。

二〇〇四年以《約定之冬》獲藝術選獎文部科學大臣賞，二〇一〇年獲司馬遼太郎賞。二〇一〇年秋獲紫綬褒章。

主題離不開再生與死亡

「泥河」寫的是一九五五年左右的大阪人家——何伸和雙親住在河邊簡陋的家，生活雖然清苦，日子卻過得很愉快。某日，阿伸遇到和母親、姊妹住在一起的阿奇，很快成為好朋友；兩人都是不知自己生活在戰爭陰影下的八歲小孩。

阿奇的母親以小舟渡客維持生計，阿伸家經營以勞工為顧客的食堂。某日，阿伸偷窺舟內，看到好友母親如在地獄的樣子，於是哭著回去。翌日，阿奇也發覺到母親的情形，坐上浮在河邊的小舟準備離家，阿伸邊呼叫阿奇的名字，沿著河追趕小舟……，兩人一直聚散無常。「泥河」描繪的是兩個少年的相知與離別，烘托出人的宿命與戰爭產生的傷痛。

獲芥川獎的「螢川」，描繪世代交替的情況——步向死亡的父親、看顧父親的母親，以及和女友攜手尋找生命誕生處的兒子。

日本北陸地方的巨賈——重龍，年歲已大，面臨死亡的邊緣，獨子竜夫正值青春期，為男女感情而煩惱。重龍與千代兩人都有著二次大戰的慘痛經驗，邂逅之後，結成夫婦再創第二春，上天賜給他們兒子竜夫。隨著日子的流逝，竜夫開始有了性衝動，為英子姣好的面孔與玲瓏有致的身體所迷，另一方面也了解到父親正一步步地走向死亡。

竜夫的母親千代對稚氣未脫的竜夫與出落亭亭玉立的英子交往情形看在眼裡，希望兩人能夠結合；兩個年輕人攜手往河川的上游尋找螢火蟲群棲之地——象徵著生命的起源之處。最後，千代目睹的是幾萬、幾千萬隻螢火蟲群飛亂舞的光景；而從站立著的英子下半身湧出的螢火蟲，把英子變成會發光的人。生與死的嚴肅主題，是構成本作品的一個契機，也可說是賦予死亡與再生具體形態的人生劇；或者是宮本輝指向死亡哲學的宗教性作品。

一九八五年六月出版的「多瑙河的旅人」，描繪超越國籍、年齡，不分男女的一群人，為找尋一個中年婦人而團結一致的情節。一個中年婦人雖身為人妻、人母，有一天突然離家出走，跑到遙遠的歐洲，投向年輕男子的懷抱；女兒麻沙子到西德，與男友西奇沿多瑙河上溯找尋母親。

宮本文學自處女作「泥河」之後一直與河川有關，在這部小說中，藉著多瑙河流過東、西德，強調自然無界限之分；另一方面，是否也意味著宮本文學的舞台，從日本擴大到世界呢？

潛藏在婚姻中的危機

「泥河」、「道頓堀川」、「優駿」都改拍成電影，甚受好評。宮本文學常以河川為軸，探討生與死及父子相傳的問題。小說「燒舟」，忠實呈現現代男女的愛情，以及隱藏在婚姻生活中的危機。「我」和珠惠的戀情，也是目前社會新聞中常見的例子。「我」其實只是貪圖珠惠的肉體，並非真正愛她；而珠惠明知「我」已有妻、子仍然交往，但很快地就意識到兩人之間沒有「明天」……

另一方面，旅館的年輕老闆夫婦，儘管是由青梅竹馬結婚的，但兩人之間精神上無契合之處；因此，雖只有二十二歲，外表看來像三十四歲的老態純粹是婚姻造成的。「燒舟」可說是另一種形式的死亡與再生的人生劇！

取材中國的智謀新典的歷史小說

宮城谷昌光

（一九四五年二月四日～）

為什麼對春秋時代特別感興趣呢？

宮城谷說：「春秋時代小國林立，周王並無實權，勢力最大者當盟主。小國就像藩屬，盟主像幕府，周王像天皇。對這種權威和權力的二極構造：日本人很容易了解。」

或許這些是造成暢銷的原因之一吧！

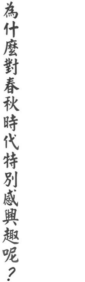

一九四五年出生的宮城谷昌光，四十五歲時始登上文壇。唸早稻田英文系時曾寫過小說，二十八歲時為了當作家，辭去工作回到故鄉愛知縣蓮郡市。

宮城谷中學時代喜歡閱讀柴田鍊三郎的小說；但比起小說中的主角，他更喜歡柴田的文章，曾為堀辰雄的小說，中原中也的詩著迷，也寫過詩，可惜結婚之前全部燒掉了。

他喜歡效率好的小說，認為這種小說會讓人覺得幸福。初期寫過耽美性質的現代小說，作家的文學之師立原正秋，提醒他漢字用得太多。為此，他著實困擾了一段時日；然而，藉著閱讀中國古典，看中文學者白川靜的著作，甚至於把視野擴大到金石文的起源，最後，在文字的運用上，他終於恢復了信心，文章當然也更精鍊。

早期有《沉默之王》、《花之歲月》等歷史小說。

《沉默之王》是由五個短篇小說構成的，以殷商王朝第二十一代王小乙之子丁為故事的主角，時為西元前十三世紀後半。丁，即子昭，有天生的語言障礙。《沉默之王》中，描述子昭在苦澀的人生之旅，創造了文字。後來被稱為高宗。

長篇小說《花之歲月》描繪的是戰國時代在趙國東名為觀津的小地方發生的故事。那裡住著一位美女，名為猗房，被召入宮。《花之歲月》即以猗房及其弟漢國為故事的主角。

一九九〇年以《天空之舟》獲新田次郎獎，翌年以《夏姬春秋》獲選獎。最近以《晏子》（三卷，新潮社）乙書聲名大噪，深受好評。《晏子》之前的《重耳》（三卷，講談社）獲文部大臣獎，反應也相當不錯。

《重耳》寫的是晉文公的故事，晉文公公子時代名重耳，生於紀元前七世紀，春秋時代，在歷經十九年的亡命流浪生活之後，奪回該國的王位，是為晉文公，為中原霸主之一。

宮城谷無意中發現重耳的魅力，為使重耳在自己心中「復活」，他默默研讀《史記》等有關重耳的著作，達十三年之久。

上卷的主角，不是重耳，是重耳的祖父稱。

晉位於今山西省一帶的台地，實際上分為二國，以翼為本家，曲話為旁支。然而談到實力、聲望，曲話部又在翼之上。稱「隱忍自重，喜權謀術數」，與日本名將武田信玄、德川家康等相彷彿，作者善於描繪人物的對話，既生動又活潑；對於戰爭的描述，也相當傳神，把當時戰爭的特色——執禮而又拚命，彼此洞悉對方內心的機微——發揮得淋漓盡致。

中卷的重點在於描繪一貌美女的擾亂嗣政的情狀，即所謂「驪姬之亂」。此外，政爭與詭譎多變的外交戰也在這裡展開。

「驪姬之亂」起始於重耳之父，亦即實際統一晉的詭諸。

詭諸與愛妾有姜，生長子申生。後又從北方孤氏的孤姬，生二子重耳與三子夷吾。申生事親極為孝順，對於父親詭諸的命令絕對服從；夷吾聰明伶俐；重耳性格內斂、深沉、不易捉摸。

優秀的人材大都聚集到申生及夷吾身邊，一般人皆認為太子人選不出此二人。因為圍繞重耳身旁的盡是些社會的「落伍者」。

然而，事情卻有了大變化，詭諸征伐異族驪戎，納作為人質的驪姬為妾，生一子：名奚齊。驪姬想立己出的奚齊為太子，於是向詭諸誘告三位公子有密謀殺父的計畫。

申生因此自殺以明志，重耳與夷吾亡命天涯。

下卷的重點在於描繪重耳十九年的流浪生涯。

重耳何時能回到晉國，即使回去之後，是否就當得了晉王？一切皆是未知數。在這種前途未卜，不！其實是艱難重重之下，跟隨重耳一塊兒逃命的家臣、幕僚，不但未見風轉舵，另行擇木而棲；反而更緊緊地凝聚在重耳左右，他們共同的努力是如何把重耳「塑造」「培養」成理想的君主。宮城谷對每一個登場人物的性格刻劃得極為生動活潑。

重耳為大國楚成王客人時，有一次成王戲問：「他日如能返晉，將何以回報？」重耳答：「中原會戰之時，當退避三舍！」

下卷充滿著這種悲劇與豪放的氣氛，顛沛流離，有家歸不得本是人間悽慘事，然而都與豪放結成一體。重耳胸中充塞的是這樣的悲壯情懷，而作者宮城谷耳中聽到的或許也就是這樣的歷史的呼喚吧！

《晏子》描寫的是晏嬰及其父親二代之間的故事。

《史記》及《春秋左氏傳》等正史中有關晏子的記載不過寥寥數頁；然而，司馬遷卻嘆道，若晏子在世，願為其御者！

春秋時代，周室衰微，群雄割劇，逐鹿中原，形成戰亂之世。當時有為的諸侯有晉、齊、楚、秦四國。晏子為齊的名宰相，個性非凡，外交上策萬全之策，掌一國盛衰之舵。

上中下三卷的《晏子》是從晏子的父親晏弱開始描寫的。而，晏弱又是怎麼的一個人呢？

晏弱本為熟悉儀禮掌政典章制度的文官，因遭逢國難，不意成為曠世名將。他天生具將軍之才，膽識過人，有謀略、有奇策！上卷中，兩軍交戰的情景在宮城谷筆下，極為鮮活，天晴氣朗之下，個個士兵奮戰的情景躍然紙上，讓人覺得自己彷彿也成了晏弱的士兵，正馳騁在大草原呢！

這裡描述的雖是西元前六世紀的戰爭情狀，卻充滿著現代感！

當然，戰爭只是表面的行動，背後存在的是政治的深淵。名軍事學家克勞塞維茲說：「所謂戰爭是以其他手段進行的政治的連續」；當時僅次於晉楚之後的大國齊的國情，讓人想聯到現代的政治。

下卷，晏子以其卓越的外交手腕，保護國家，維護國家的名譽。在此，外交成了政治的精髓，而且受到戰爭的洗禮。

《晏子》以晏弱、晏嬰父子為主角，置身於政治、戰爭、人倫、日常生活等重重漩渦的包圍下，作者以有趣的軼聞，精練的文字技巧為讀者撥開重重的漩渦……。

為什麼對春秋時代特別感興趣呢？宮城谷說：「春秋時代小國林立，周王並無實權，勢力最大者當盟主。小國就像藩屬，盟主像幕府，周王像天皇。對這種權威和權力的二極構造：日本人很容易了解。」或許這些是造成暢銷的原因之一吧！

評論家鶴見俊輔相當欣賞《晏子》。有段情節是：晏子指責重臣暗殺君主之罪，回家途中，御者恐遭襲擊，欲加速疾走，晏子制止，說：「慢慢走吧！快跑並不一定就能活，慢走也不一定就會死！」鶴見認為這裡牽涉的是時間長短的問題，大為讚賞；對於《重耳》書中，僅在位九年，可是之前卻流浪了十九年的王的描述，也覺得相當有意思。

《重耳》中，宮城谷穿插重耳幾次辭退當王的機會的故事。他說：「重耳雖有當王的欲望，可是卻一直後退。立於霸者頂點的這男子，心裡到底怎麼想？中國人的智慧真是不可思議。老子也有一套後退再後退，可是卻能發揮力量的高妙的哲學體系。」這種「以退為進」的哲學，對宮城谷，不！對多數日本人而言，具有相當的吸引力呢。

評論家秋山駿認為《重耳》可以與吉川英治的《三國志》、司馬遼太郎的

《項羽劉邦》相媲美！

宮城谷以下這段話頗具參考價值：

貧，本身並無價值；有貧的體驗，自然對生活產生感謝之意。現代日本的貧是不了解真正的貧。即使經歷過阪神大地震，日本人也相信可以恢復過以往的生活，中國人從被異民族的侵略的經驗中，了解到存在的愛、家、財產某天會突然失去的可能性。了解歷史的結果是知道個人並非萬能，歷史是智慧的豐富寶庫。

《晏子》之後，宮城谷昌光的主要作品有：一九九五年的《介子推》、九六年的《長城之陰》、《孟嘗君》、九七年的《樂毅》、《奇貨可居》、《青雲遙遠》、九八年的《太公望》、二〇〇〇年的《榮華之丘》、《子產》、二〇〇一年的《沙中迴廊》、二〇〇三年的《管仲》、二〇〇四年的《香亂記》、《三國志》、二〇〇五年的《春秋名臣列傳》、《戰國名臣列傳》、二〇一〇年的

《楚漢名臣列傳》、《吳越春秋　湖底之城》、二〇一一年的《草原之風》、二〇一五年的《劉邦》等作品。又、二〇〇二年文藝春秋出版《宮城谷昌光全集》（全二十一卷）。

一代文豪

森鷗外

一八六二年二月十七日～一九二二年七月九日

森鷗外早期的作品含自傳色彩，富浪漫氣息，後轉為較理性、客觀的文風；晚年則開創出歷史小說的新領域；最後走入史傳、考證的胡同。以文學成就而言，足以和夏目漱石媲美，是日本近代文學一代大師。

日本自然主義盛行的明治四十年代（一八六八～一九一二），文壇上有二大文豪揭起反對的旗幟，其中之一是前面介紹過的夏目漱石，另一即為森鷗外。

東大最年輕的畢業生

森鷗外（一八六二——一九二二年）本名森林太郎，鷗外是別號之一，以此最出名。生於島根縣，自幼習漢學（「左傳」、「國語」、「史記」、「漢書」等）、荷蘭學，一八七二年隨父上京，寄居於同鄉前輩哲學家西周（「哲學」一詞即西周所創）處，在進文學舍學德語。一八八一年畢業於東大醫學院，是東大有史以來最年輕的畢業生。

森鷗外一八八四年六月奉派留學德國，調查陸軍衛生制度及研究軍陣衛生學，八月二十四日搭乘法國船出橫濱。一八八八年九月歸國，任陸軍軍醫學舍教官，十一月兼陸軍大學教官。翌年秋由西周作媒，與男爵海軍中將赤松則良之女登志子小姐結婚，一八九〇年九月長男於菟誕生，不久離婚。

一八八九年八月譯詩「於母影」，發表於「國民之友」；這是將歐洲風格的近代抒情詩，介紹到日本之始，具有文學史的價值。

森鷗外取材自留學德國的生活體驗，於一八九〇年、九一年發表「舞姬」、「泡沫之記」及「信差」，清新的異國情調和抒情，奠定了文壇上無可撼動的地位。「舞姬」以柏林為舞台，以前途看好的留學生太田豐太郎和舞姬愛麗絲為主角，以優雅的擬古文描寫在自由氣息下豐太郎的自我覺醒，以及和愛麗絲戀愛進而同居，後來接受好友相澤的勸告拋棄愛麗絲準備回國，愛麗絲在絕望之餘發瘋的過程。一般認為，這是森鷗外以留德時的自己為模特兒寫成的小說，但作者本人卻極力否認。不過，在留德的實際生活體驗中加入虛構，作者投影在豐太郎心情中當是無可否認的事實吧！電影「舞姬」即根據此作品改拍而成。「舞姬」與「泡沫之記」發表後，鷗外與石橋忍月（一八六五——一九二六年，評論家、小說家）發生筆戰，為當時文壇增添不少熱鬧氣氛；而鷗外與坪內逍遙（一八五九——一九三五年，小說家、評論家、翻譯家）兩人展開的「沒理想論爭」，則是日本明治時期最大的文學筆戰。

與坪內逍遙大打筆仗

一八九一年坪內逍遙於「早稻田文學」創刊號發表「莎士比亞腳本評注　結言」；同年十二月森鷗外於「柵草紙」發表「早稻田文學的沒理想」批評逍遙，挑起戰火。之後，兩人便各以「早稻田文學」及「柵草紙」為舞台，展開一連串的筆戰，到一八九二年六月森鷗外發表「早稻田文學的後設理想」時始譜下休止符。逍遙認為，莎士比亞的世界可容萬般理想，評者不應以預設的價值觀論斷，主張應採取公平的歸納性批評方式；但森鷗外認為，「理想」即理念之意，文學的極致在於表現出理念之美。筆戰過程中，顯示了兩人對「理想」的意義及對文學所秉持的根本概念之不同，最後在未有明顯輸贏勝負的情況下結束了，對同時代的文學並無實質上的影響；但是當時兩人是新文壇的代表性人物，各有豐富的西洋學術根底，因此這次大筆戰，吸引了衆多讀者的注意，也給青年們留下深刻的印象。總括來說，逍遙是基於常識性的合理精神，主張尊重個體，態度是客觀的、寫實的，採歸納的方法；而鷗外是基於美的理想主義來裁斷現實，態度是主觀的，具理性、演繹的傾向。他們兩人可說是代表日本文學界對文學的兩種對立的看法。

反對自然主義旗幟鮮明

一八九九年六月，鷗外本以為可順利升上陸軍軍醫總監的位子，沒想到大學同學，也是軍醫的小池正直，嫉妒他在學術、文學方面的才華和知名度，向上級遞黑函，因此鷗外煮熟的鴨子飛了，被調到九州小倉當第十二師團軍醫部長。之後數年間，鷗外在文壇上沉寂了下來，直到一九一〇年調回東京之後，才再開始創作活動。

一九〇七年三月，鷗外在自宅觀潮樓召開和歌會，有佐佐木信綱、與謝野鐵幹、伊藤左千夫等文壇巨匠及石川啄木、吉井勇、木下杢太郎等新進與會，往後每月一次，持續到一九〇九年夏為止。「昴」雜誌創刊後，鷗外發表了「半日」、「性生活」（被禁）、「金毘羅」等作品，對「昴」的年輕浪漫派詩人有很大的影響。一九〇九年七月獲文學博士學位。一九〇七年十月任陸軍軍醫總監、陸軍省醫務局長，這是陸軍軍醫的最高職位。這一年，鷗外創作活動極為旺盛，進入多產期，其原因是：①受夏目漱石一九〇五年以來不斷創作的刺激，因而感到技癢；②對當時文壇狂妄自大的日本自然主義文學的反應；③有了「昴」的發表園地；④將雜誌「歌舞伎」上翻譯歐洲戲曲梗概的輕鬆自由態度，轉化成為小說創作的態度；⑤在陸軍內部的地位安定，可自由創作毋庸顧慮太多。鷗外認為，自然主義號稱描寫人的真實，其實不過是「肆無忌憚」地強調其中某一面的官能而已，因此寫「性生活」以反諷自然主義。

晚年致力史傳再創新境

一九一二年在所發表的「那樣子」、「藤棚」、「鎚一下」等作品中，借主角五條秀麿嘗試對文明提出批評；描繪藉著保守與革新的對立，賴神話支撐的天皇制度之內部矛盾。「妄想」中則對以西洋為規範的日本近代文明持懷疑態度，甚至肯定地對日本人的精神而言，西洋是無關的存在。七月三十日明治天皇的駕崩及九月十三日鷗外崇拜的乃木希典夫婦的殉死事件，導致他撰寫歷史小說以探討武士道精神的可能性。以細川家家臣殉死事件為素材寫成的「興津彌五右衛門的遺書」是鷗外歷史小說的第一部作品。之後繼續發表了「阿部一族」、「大鹽平八郎」、「堺事件」、「安井夫人」、「栗山大膳」、「山椒大夫」、「高瀨舟」以及取材自中國的「魚玄機」、「寒山拾得」等，一連串獨特而精彩的作品，確立了鷗外在近代文學上崇高的地位。

依評論家高樓義孝的看法，森鷗外寫歷史小說的積極理由是上述明治天皇駕崩與乃木希典夫婦殉死事件，促使森鷗外的封建武士精神產生動搖乃至於覺醒；而消極的原因是創造力的不足。但，森鷗外自己說：「我調查歷史資料，尊重其中可見的『自然』，討厭胡亂變更。」因此他的歷史小說裡所謂的歷史性，是從史實挖掘出現代人無法理解的精神與行為，將之呈現在讀者面前；換句話說，從歷史的內面法則，找出歷史的真實。如此一來，文學可獲得比歷史更值得信賴的可能性。

文武兼修的文學大師

一九一六年鷗外辭去陸軍軍醫總監及陸軍省醫務局長職務，發表史傳「澀江抽齋」，把自己的感情和心境投影到資料上，開拓另一新領域。所謂史傳，是透過精細的調查、考證後所寫的傳記，此外「伊澤蘭軒」、「北条霞亭」等是鷗外末期的名作。

一九一七年，鷗外在任帝室博物館長，一九一九年兼帝國美術院長。晚年更從史博館轉為考證，發表「帝謚考」、「元號考」等作品。

森鷗外擁有醫學與文學兩個博士學位，文武兩道都達到巔峰狀況。文學創作方面，早期作品含自傳色彩，富浪漫氣息，後來轉為較理性、客觀的文風，晚年則開創出歷史小說的新領域，最後走入史傳、考證的胡同。以文學業績而言，足以和夏目漱石相媲美，可惜台灣研究他的人並不很多，希望將來鷗外更受到重視；因為好的作品在時間的沖洗下，它的光輝會更晶瑩亮麗，更吸引人！

舞姬

煤炭很快堆放完畢。二等艙桌邊一片寂靜，弧光燈徒然發出亮光。因為每晚來此的牌友都住在飯店，只有我一人留在船上。

那已是五年前的事；達成宿願奉命出洋，到西貢港時，眼見耳聞無一不新鮮，任筆所書紀行文日成數千言，發表於當時的報紙，甚受歡迎。然而今日看來，當時幼稚的思想，不知天高地厚的大言，即如無特色之尋常動植物、金石、風俗等亦覺得珍奇而記下，有心人當何以視之？此次踏上旅途時，準備記日記而買的簿子仍然一片空白，這是留德期間所養成的對什麼事都不動心、不驚奇的習慣使用？不！另有他因。

誠然，如今東返的我，同於往昔西行的我，學問方面不足之處尚多；唯了解浮世的悲傷，人心之不可靠，也體悟到即使是我心也善變。將昨日之是已成今日之非的瞬間感觸，以筆寫下又給誰看呢？這是不寫日記的緣故？不！另有他因。

嗚呼！出布林低西（Brindisi）港倏忽已二十餘日，若是一般情形，縱使是初逢乍識的人也會彼此交往以慰旅途寂寞，這是航海的習慣；然而我卻托詞身染微恙，關在房內少與同行的人交談，這裡頭有人所不知的憾事困擾之故。這一憾事初如一抹浮雲掠過我心，讓我不見瑞士山色，亦無心瀏覽義大利古蹟；到了中期，讓我感到厭世，嘆人世之無常，身負迴腸九轉的慘痛，如今已在內心深處凝固成一點陰影。然而每次展讀素箋，目睹佳人贈物，如映在鏡中之影，如聲音之迴響，喚起無限懷舊之情，無數次使我心痛。啊！如何能使過去的遺憾消失呢？如果是別的遺憾，詠之於詩歌之後，心情當會舒暢吧！只有這件事深烙我心無法排遣，今夜四周無人，距離服務生關燈尚有一段時間，且讓我把這件事的概略綴成文章吧！

我幼時接受嚴格家訓，雖父親早喪，學問並未荒廢；無論舊藩學館的日子、東京讀預科或入大學法學院之後，太田豐太郎之名常獨占鰲頭。將寄託全放在獨子身上的母親，似乎因此感到很安慰。十五歲獲學士學位，人稱這是大學創立以來未有過的殊榮呢！出仕某部，迎故鄉老母上東京，度過三年愉快時光。因受長官青睞，奉命出國調查我任職部門的事務；我想這正是揚名立萬、光宗耀祖的時機，遂鼓起勇氣，告別年逾五十的寡母，並不覺得悲傷，千里迢迢來到柏林都城。

我懷著模糊的功名念頭，與已成習慣的自我約束的讀書能力，站在這歐洲新大都的中央。有何光彩能奪我目？有何色澤能迷我心？翻譯成「菩提樹下」，原以為是幽靜的地方，其實真來到這大道直如髮的「菩提樹下」（Unter den Linden）大街，才發現完全不是想像中的樣子。看三五成群走在兩邊石板人行道的男女，有五顏六色的禮服，有爭妍鬥艷的少女模仿巴黎流行的打扮；駛在柏油路上悄然無聲的馬車；櫛比鱗次高聳入雲的大樓空隙處，晴空中突然聽到如雷陣雨的聲音，然後沛然落下的噴泉；遠眺隔著布蘭登堡門有綠樹枝交錯處，可見浮在半天高的凱旋塔女神像；這許多景物都聚到眉睫之間來，第一次到這裡的人誠然目不暇給，然而我心中有無論到任何地方玩，絕不為無用之美景動心的誓言，常阻斷侵襲我的外物。

我按鈴求見，遞官方介紹信告知來意，普魯士官員都表歡迎，不但公使館的手續可順利完成，還答應無論什麼事都會告訴我或轉達給我。值得高興的是我在國內已學過的德語和法語，他們在第一次和我見面時就直問我在哪裡？學了多久才有這般程度。

公忙之餘，因早已獲得官方許可，我還到當地大學註冊，準備研修政治學。一、兩個月後，官方的協調完成，調查也進行得順利，緊急事即作成報告送出，否則即寫下，最後也積了幾卷。大學方面，並無如我幼稚思想所想像的可成為政治家的特別科目，選科目時猶豫了一陣子，最後選了兩、三門法學課，繳過學費後開始前往聽課。

三年左右的時光如夢般飛逝，不過，對自我的了解，卻在這段時間漸漸成形。從小，我遵守父親遺言和母親教誨，以被人稱為神童自喜，從不稍懈怠的唸書時期起，到為博得長官褒獎而勤於工作時為止，並未悟出其實自己一直是被動的、機械式的人；如今已二十五歲，或許接觸到大學的自由風氣日久，內心總是不平穩，潛伏在深處的我，終於顯露到表面上，似乎在譴責到昨日為止的非我之我。我已認清自己既不適合當叱吒風雲於今世的政治家，也不適合當熟諳法律條文善斷訴訟的法律家。

我竊以為，母親是希望我當活字典，長官則希望我成為活法律；成為字典尚可忍受，但是要我成為法律這就無法忍受了。以往我對於瑣碎的問題，也回答得極為詳細，然而從最近寄給長官的書信開始，我已不受法制的細則拘束；一旦習得法的精神，對紛雜萬事有如破竹之勢；我把大學的法律課擺在一旁，注意力轉向歷史文學，且逐漸進入倒吃甘蔗的境界。

長官本有意把我塑造成可隨意呼喚的機械，對於具獨立思想，而且樣子也不與他們相同的男子，又怎會高興呢？這會危害到我當時的地位，但單憑這點倒也不足以構成威脅；只是平常在柏林的留學生中，有某派勢力、某一群人與我關係並不友善，他們對我猜疑，最後還誹謗我。

他們對於我不願一起高舉啤酒杯，一起拿撞球桿，歸之於固執的心與制慾力，半嘲諷半嫉妒，其實這是不了解我的緣故。嗚呼！這緣故，連我自己都不解，別人又如何能了解呢？我的心如含羞草的葉子，碰到東西就會收縮避開；我心如處女，我自幼謹守長者之教誨，即如學習過程、步入仕途，都不是勇氣使然；看來有耐力、能唸書，其實都是自欺甚至欺人，只是照別人走過的路專心地走而已。心不為他物所迷亂是因為無捨棄外物的勇氣，只是因恐懼外物而自縛手足而已。離開故鄉之前，深信自己是有為的人而不疑，也深信自己耐力強，嗚呼！這也只是一時的想法而已。船離開橫濱之前，一副天下英雄捨我其誰的氣概；當手帕被如泉下的眼淚沾濕時，自己還感到奇怪，其實這才是我的本性。這是與生俱來的呢？或是因父親早逝由母親之手撫養長大而造成的呢？

他們的嘲笑是應該的，不過，對我這柔弱而笨拙的心來說，嫉妒是否太傻了呢？

看到臉上塗紅抹白，身穿艷服坐在咖啡廳招呼客人的女性，我並沒有前往搭訕的勇氣；看到戴著高帽子，鼻樑上架著眼鏡，以普魯士貴族慣用的鼻音說話的紈褲子弟，也沒有前去和他們遊玩的勇氣。因為缺乏這些勇氣，自然無法和活潑的同鄉們交往，也因為疏於交往，他們不只嘲諷我、嫉妒我，還對我猜疑。這是我身負冤罪，短時間內歷盡無限艱難的原因。

某日黃昏，我漫步獸宛，過菩提樹下大街準備回蒙比修（Monbijou）的僑居地，來到庫洛斯提爾（Kloster）巷的古教堂前。不知有多少次，我的目光經過燈海，進入這狹窄而昏暗的巷子。巷子裡有墊被、內衣褲曬在樓上欄杆尚未收進去的人家；長鬍子的猶太教老翁佇立門前的小酒館。望著呈凹字型豎立的這三百年前的遺跡，內心恍惚佇立良久。

我正想經過這地方時，看到一位少女倚在深鎖的教堂門前啜泣，年紀大約十六、七歲。露在頭巾外的是金黃色頭髮，穿的淡金黃色衣服也蠻乾淨的，聽到我的腳步聲回過頭來的臉，不是詩人的我無法描述。明亮中隱含憂鬱的眼睛，含淚的長長睫毛下，為何只一回眸就深入我心坎呢？

她是遭到意外事件無法解決而站在這裡哭泣嗎？我懦弱的心被憐憫之情打

敗，自然地走近她身旁問：「為什麼哭泣呢？我這無家累的外國人，或許反而幫得上忙也說不定。」我對自己的大膽感到驚訝！

她吃了一驚，盯著我這黃面孔看，或許是我真摯的心形於色，她說：「你看來是好人。不像他那麼殘酷，也不像我母親那樣。」才稍稍停下的淚泉又再湧出，沿著可愛的臉頰流下。

「救救我吧！不要讓我做出可恥的事。母親說要是再不聽他的話就要打我。父親死了，明天不能不埋葬，可是家裡連一點積蓄也沒有。」

之後，只是哭泣。我的眼光一直落在少女低著頭而顫抖的頸子上。

「我送妳回家吧！妳先靜下心來，不要讓人聽到哭聲。這裡是大馬路呀！」她說話時不自覺地靠在我肩上，這時突然抬起頭來，彷彿第一次看到我似的，很不好意思地把身體挪開。

我跟在快步走怕被人看見的少女背後，一進入教堂斜對面的大門，是座有缺損的石梯。登上石梯，第四階有一道彎腰可容身的門。少女旋轉已生銹的鑰匙，手放在門把上用力一拉，裡面傳出老太婆嘶啞的聲音「誰呀？」少女回答「愛麗絲回來了！」很快地門碰地打開了，出來的是髮已半白、長相並不難看的老太婆；她的額頭上深深刻劃著貧苦的痕跡，身上穿著舊綿衣和骯髒的拖鞋。對愛麗絲向我打招呼後才進去，她似乎等得不耐煩，用力把門關上。

我茫然呆立片刻。突然有燈光透出，仔細一瞧，門上用漆寫著「耶倫斯特瓦依格爾特」，下面註「裁縫師」——這該是少女那死去的父親的名字。門裡傳出爭吵聲，靜下來後門又打開了，老太婆誠懇地對剛才的無禮舉動向我道歉，歡迎我進屋。

門內是間廚房，右手邊矮窗上掛著洗得潔白的麻布，左手邊有用磚雜亂砌成的竈。正面的房間門半掩著，裡面有鋪著白布的床鋪，有人伏在床邊哭。打開竈邊的門讓我進去，裡面是一間面向街道的小房間。由於是頂樓，沒有天花板，屋頂筆直斜向窗邊成一大斜角，而床鋪，位於糊著紙的樑柱下邊，只要一抬頭，就會碰到屋頂。我看見房間中央的桌子上鋪著美麗的墊子，有一、兩本書與相簿並列著，陶瓶裡插著不相稱的高貴花束。旁邊少女含羞地站著。

她非常的美，白晰的臉映在燈光下微紅，手腳柔細得不像是貧家女。等老太婆出房間後，少女微帶鄉音說：「請原諒我輕率地帶你到這裡來。你是好人，請不要憎恨我。明天就是父親的葬禮，原先認為薛姆貝爾比——我想你大概不認識他，他是維克特利亞舞團的團長，接管舞團已有二年——可以依靠，會幫助我們，誰知竟乘人之危做出損人利己的事。請您救救我，我會拿微薄的薪水來還你，縱使沒飯吃也一定做到；如果這樣還不行，我就只有聽從母親的話……」她眼中含淚身體顫抖，頭抬起時的眼神有一種使人無法抗拒的魅力。或許她知道自己這雙眼睛的魅力？或許她自己也不知道？

我雖藏有二、三馬克的銀幣，但是這還不夠，所以我解下手錶放在桌上。

「拿這手錶應一時之急吧！拿到蒙比修街三番地的當舖，說名叫太田的會來贖回去。」

少女露出驚訝的神情，輕吻我伸出要道別的手，熱淚撲簌簌地流在我的手背上。

嗚呼！這是什麼惡因呢？少女為了向我道謝，親自來到我寄寓處，在右邊是叔本華，左邊是席勒——我整天端坐讀書的窗下，如一朵名花綻放。從那時候起，我和少女的交往逐漸頻繁，同鄉的人知道後，以為我是在舞姬群中獵色，我們兩人之間存在著只是痴愚而天真的歡樂。

同鄉中有好事者，把我屢次出入舞團與舞姬交往的事向長官報告。原已討厭我步入學問歧途的長官，最後終於要公使館轉達免職的命令。公使對我說：「你馬上束裝返國還可以給你旅費，要是仍然滯留不歸，就別想得到公家的任何補助。」我請求寬限一星期，當我正為這件事煩惱的時候，接到了生平最感悲痛的兩封信。這兩封信幾乎是同時寄出的，一封是母親的親筆函，另一封是親戚寄來的，告知我日夜思慕的母親逝世的惡耗。母親信中的話恕我無法在此寫出，因為淚水已使我無法下筆。

到這時為止，我與愛麗絲的交往，比旁觀者看到的清白。

她因父貧無法接受良好的教育，十五歲應徵為舞姬，接受訓練後入維克特利亞舞團，現為團裡的第二把交椅。但如詩人哈克連提爾所說：舞姬是社會的奴隸，無常常是舞姬的遭遇；舞姬們的薪水微薄，而工作辛苦。她們白天反覆排練，晚上表演場次頻繁；進入化粧室擦紅粉、著華麗衣裳；在場外卻連自己都養不飽，何況還要養父母、兄弟！因此聽說在同伴之中鮮有不墮入操賤業者。愛麗絲能逃得掉主要是因為個性純樸以及正直的父親的看護。她自幼喜歡讀書，但是能拿到手中的盡是出租店的低級小說；和我認識之後，讀我借她的書，也逐漸唸出趣味來，不但口音改正了，連寄給我的多次信中錯字也減少了。這麼一來，我們兩人之間首先有了師生的情誼。她聽到我遽然遭到免官職，臉色大變。我沒告訴她這件事和她有關，而她也央求我不要把免官之事告訴她母親，她擔心她母親會因為我沒了學費而冷淡我。

嗚呼！詳情不必寫在這兒，但我喜歡她的心遽然增加，最後離不開她就是這時候造成的。關係我前途的大事就在眼前，誠存亡危急之秋，或許有人對我的行為感到可疑或誹謗我；但是我愛愛麗絲之情，比初次見面時深。愛麗絲那因為同情我命運坎坷，也悲傷別離而低垂著的臉上，鬢毛散開、嬌艷含羞的姿態，直衝入我因悲痛、感慨而反常的腦髓——恍惚之間，兩人發生了關係，這又有什麼辦法呢？

與公使約定的日子逐漸接近。如果就這樣子回國，那麼學業無成，徒負污名，天地將無可容身之處，但想留下卻又籌不到學費。

這時候，同行之一的相澤謙吉對我伸出了援手。他是天方伯爵的秘書，人雖然在東京，但在官方報告上看到我被免官的消息後，就向某報的總編輯推薦，讓我成為該報的通訊員，留在柏林作政治、文化方面的報導。

報社的酬勞微不足道，不過，更換一下住處、午餐的餐廳或許還可勉強度日。當我正為此煩惱時，表現出真心誠意，對我拋出救命繩索的是愛麗絲。她不知怎麼說動她母親，讓我寄居在她們家中，愛麗絲和我很自然地以兩人微薄的收入，在憂患中過著快樂的時日。

她早上喝完咖啡就去劇場排練，不排練的日子便留在家裡。我則到奇歐尼比街長形的休息處，去瀏覽所有報紙，拿出鉛筆收集各種資料。在這利用天窗採光的室內，有無固定職業的年輕人；有向人借少許錢悠遊度日的老人；有忙裡偷閒的商人等，我和他們並坐，在冰冷的石桌上振筆疾書，小女孩端來的咖啡都涼了也無暇喝一口。對於我這個往返於報架間，每天來回不知幾趟的日本人，陌生人會怎麼看呢？每當愛麗絲排練的日子，將近一點左右，便會順道過來邀我一起回家；對這少見的體態輕盈、如同能在掌中跳舞的少女，或許有人會以奇怪的眼光目送她吧！

我的學業一直荒廢著。在頂樓室內一燈如豆下，她從劇場回來，坐在椅子上縫製衣物時，我則在旁邊的桌上寫新聞稿。這與往昔在紙上收集法令條文的枯躁不同，現在寫的是活生生的政界活動和有關文學美術新現象的批評等；東拉西扯的只要能力所及，連威廉一世和佛得烈三世的崩殂、新帝的即位，俾斯麥侯爵的進退情形等也都寫成詳細的報導。如此一來，比想像中還要忙碌，想翻閱不算多的藏書或從事舊業都很困難。雖然大學學籍還未被刪除，但因繳納學費不易，所以連唯一選的科目也很少去聽講。

我的學業雖然荒廢了，但卻增長了另一種見識。這是怎麼一回事呢？大抵歐洲各國，民間學問的普及沒有能比得上德國的，散見在數百種報章雜誌的評論有許多高水準的。我利用當通訊員以前，在大學上課時養成的洞察力，讀了再讀，抄了再抄，把單方面的知識自然地綜合起來，已達到大部分同鄉留學生做夢也達不到的境界，他們之中甚至還有連德國報紙的社論都看不懂的呢！

明治二十一年的冬天到來。大街的人行道上有人撒沙、揮鋤，庫洛斯提爾街一帶，時而可見凹凸不平但表面結層冰的路面；早上門打開時常會有餓得凍死的麻雀落下，真是悲哀！即使在竈裡燒火將室內弄溫暖些，但北歐的寒氣冰透牆石，雖著綿襖仍令人難耐。有一次愛麗絲昏倒在舞台上被人送回來，此後便覺得不舒服而在家休息；由於吃東西就吐，她母親首先察覺到是孕吐。哎——日子本來就已經很難度了，如果真是懷孕了怎麼辦呢？

有一天早晨，因為是週日，我留在家中，但心情一直很不快樂。愛麗絲還沒到臥床的程度，她挪了把椅子坐到小鐵爐旁沉默著。這時門口有人聲，沒多久在廚房的愛麗絲母親遞給我一封信；一看很眼熟，是相澤的筆跡，貼的是普魯士的郵票，郵戳蓋著柏林。我訝異地拆開一看，上面寫著：「因故無法通知你，我跟隨天方大臣昨夜已抵達這裡；伯爵想見你，速來！現在正是恢復你名譽的時候，餘言後敘。」愛麗絲看到我閱信後的茫然表情說：「是故鄉寄來的信？是不是不好的信呢？」她還以為是報社有關酬勞的信函。我只好安慰她：「不！不用擔心，是相澤跟大臣來了，他們急於見我，所以我必須立刻動身前往。」

縱使是送疼愛的獨子出門的母親也沒有這般周到，或許是認為我將前往見大臣吧！愛麗絲強忍病痛起來，選了件極為潔白的襯衫，又拿出小心收藏的，有兩排扣子的大禮服給我，甚至親自為我繫上襟飾。

「這樣子誰都不會說不好看，對著鏡子照照看！為什麼不高興呢？我好希望陪你一起去。」愛麗絲神情稍變說：「不！穿上這樣的衣服，總覺得不像是我的豐太郎了。」想了一下又說：「即使有富貴的一天，也不要拋棄我喲！」

「什麼？富貴的一天？」我微笑。「自從往政界發展的希望落空以後，也過了幾年了，此次我並不是想去見大臣，只想看看久別的朋友而已。」她母親叫的一等馬車，已從雪道來到窗下。我戴上手套，吻了愛麗絲後下樓。她打開冰凍的窗戶，任北風吹拂著亂髮，目送我搭乘馬車而去。

在我凱撒赫夫飯店的入口下車。問過服務生相澤秘書的房間號碼後，登上久未踏過的大理石階梯，進入擺著絨毛沙發，正面豎著鏡子的等候室。我在這裡脫下外套，猶豫了一會，才進到走廊邊的房間前面。一起唸大學時，讚賞我品行端正的相澤，今天會以什麼神情出迎呢？我暗地想著。進入室內一照面，發現相澤體態比以前胖也變壯了，神情依然是一副快樂的樣子；看來對我的行為失檢並不那麼介意。無暇細述別後的詳情就被引見拜謁大臣；大臣委託我把德文寫的公文重要部分譯為日文。我拿著公文走出大臣房間時，相澤說等會要和我共用午餐。

在餐桌上時他問了許多事，我也一一回答。他的生活大抵上很順利，而我的境遇卻如此坎坷。

他聽了我敞開胸懷說的不幸經歷，不時感到訝異，非但沒譴責我，反而痛罵其他的平庸之徒。但是，當我說完時，他正經勸諫我似地說：「這些事都因為你天生心腸軟弱引起的，如今再講也於事無補，不過，有學識有才能的人，怎能一直被一少女的感情所羈絆，過著那毫無目的的生活呢？現在天方伯爵一心一意想重用會德文的人，只不過伯爵清楚你當時被免官的原因，所以一下子很難打消他的成見；如果你打算重新站起，最好的方法就是表現出自己的才能，好好表現爭取伯爵的信任吧！再者，與少女的關係，儘管她是誠心誠意的，那也不是彼此了解個性後的結合；只不過是習慣性加上惰性產生的交情罷了，還是下定決心斷絕來往吧！」

我有如在大海失去舵手的人，遙望遠山，而相澤告訴我前進的方向。這座山如在濃霧中，何時才能抵達呢？不！縱使到得了，也不一定能讓我心中滿意啊！現在的生活雖然貧困卻也有樂趣，我拋棄不了的是愛麗絲的愛。我柔弱的心下不了決定，但還是暫時聽從朋友的話，說好斬斷這情絲。我不願失去我所擁有的；我抵抗敵人，卻對朋友說不出「不」字。

告別後走出外頭寒風撲面。一走出雙重玻璃窗緊鎖、陶爐火燒得熾熱的飯店餐廳，午後四時的寒氣穿透薄外套更是令人難耐，身上起了雞皮疙瘩，心中一股冷意。

大臣交待的公文，只一晚即翻譯完畢。從此之後我到凱撒赫夫飯店的次數逐漸增加，剛開始伯爵只談公事，後來也提一些故鄉發生的事問我的看法，偶爾告以當事者的過錯時，伯爵大笑。

大約一個月過後的某天，伯爵突然問我：「我明天就要出發前往俄國，能跟隨我去嗎？」這幾日不見因公務繁忙的相澤，對這突如其來的問題我感到驚訝！「如何能不從命呢？」嘴裡雖然這麼說，但這個回答並不是我迅速決斷下的話。這就是我的弱點，對信任我的人突然的問題，倉促間未能仔細考慮答案所牽涉的範圍馬上就答應下來，應允之後才發覺自己很難做到，但為了掩飾當時的心虛，常強忍著去做。

這一天拿著翻譯費和旅費回家，把翻譯費交給愛麗絲；這些錢大概可以支付我從俄國回來之前的生活費，她不常看醫生，幾個月都沒發現有貧血的現象。舞團寄來通知說明請假太久已開除她，才一個月左右就採取這麼嚴厲的處分，或許有它的緣故吧！對於我出門遠行，她絲毫未露出煩惱的樣子，這是真誠相信我的關係。

搭火車並不遠，因此也沒有特別準備，只把借來的貼身黑禮服、新買的戈達出版的俄國朝廷的貴族譜和兩、三種字典等塞進小提包。最近讓人不安的事特別多，心想著當我出去後留下的人會憂傷，或者會淚灑車站時便感到十分難堪。翌晨，先將愛麗絲託付給她母親講的熟人處後，我打點好旅行裝備鎖上門，把鑰匙託給附近的靴店老闆後離開。

對於俄國之行該說些什麼呢？翻譯官的任務突然使我直上青雲。我跟隨大臣一行住在彼得堡期間，圍繞我的是把巴黎的豪華移到冰雪之中的王城粧飾，尤其是在無數黃色燭光中，映照著不知多少的勳章和肩章；雕鏤得極為精緻的暖爐讓人忘記了寒冷；宮女的扇子閃爍出光輝。在這些人當中以我的法語說得最流利，因此周旋在賓主之間也以我最忙。

這期間我忘了愛麗絲，不！我每天都沒忘記給她寫信。她的第一封信說：在我離開的那天，不想獨自一人對著燈火就到朋友家聊天，直到入夜才拖著一身疲勞回家，隨即就寢，次晨醒來仍是單獨一人時，感覺恍惚夢中。起床時想到往後的不安和生活痛苦，一整天都無法進食。

過了一段時日，她的信似乎是在頗為焦躁、痛苦下寫的。信從「不」字寫起。不！我現在才知道想你有多深。如果只因故鄉已無可依賴的人，這裡還有方便度日之處，你大概不會留下吧！我要用我的愛把你留住，如果不成，當你想東回時，我跟母親一起去比較好；但是龐大的費用將從那裡來呢？以前我常希望你無論如何留在這裡，等待出頭的日子，這回雖說是短暫的旅行，然自你離開後的二十幾天，別離的心思日益增加。本來以為分離只是一瞬間的痛苦，但是現在我已感到迷惘，人世無常的道理愈來愈明顯；雖然如此，不管有任何事發生也請不要拋棄我。我和母親發生了劇烈的爭吵，但當她看到我不同以往的堅定態度時也改變了心意；她說等我到東方時，她準備寄居在斯提欽附近農家的遠親那兒。如我給你信中說的，要是大臣能重用你，那麼我的路費應當會有著落的；我現在一心期待著你回柏林的日子。

嗚呼！我看了這封信才明白自己的處境，對我自己的遲鈍感到慚愧。對自己的進退，或與自己無關的他人的事，自以為有果斷力而引以為傲；其實這種果斷力只表現在順境中不在逆境裡。想要照出我和他人的關係時，一向可靠的胸中之鏡竟然一片朦朧。

大臣已經待我特別優厚，但是近視眼的我卻只看到自己的職分而已。這關係到我未來的希望，神大概已知道；可是我卻絲毫沒察覺到，現在縱使已察知，我的心還能保持冷靜嗎？朋友鼓勵我時，我認為大臣的信任有如屋上的鳥，是抓不到的；但今日的我已抓到一些了，相澤前陣子談話中透露：回國後如果也能這樣……的話，應該是大臣的意思，只不過碰到公事，縱使是好朋友也不能明講吧！如今想來，我隨口向他說要和愛麗絲斷絕的事，恐怕也已向大臣報告過了。

啊——西來德國之初，了解自己的本領，發誓不要變成機器人，其實不過是放長繩讓綁著腳的鳥暫時拍動翅膀獲得自由罷了！腳上的繩索是解不開的，以前是某部的長官操縱著，如今這繩子卻握在天方伯爵手中。我和大臣一行到柏林時，恰巧是元旦的早晨，在車站向大家道別後驅車回家。這裡習慣除夕夜不睡，元旦才睡，因此萬戶靜寂。寒氣逼人，路上的雪變成有稜有角的冰塊，映在陽光下發出閃閃光輝。車子轉向庫洛斯提爾街，在我家入口處停下，這時我聽到關窗户的聲音，從車裡看不清是誰。我讓車夫拿提包正準備登上樓梯時，愛麗絲正好跑下樓。她大叫一聲抱住我的脖子，車夫看到這一幕露出訝異的臉色，留著鬍鬚的口中不知說了些什麼聽不清楚。「回來太好了，要是再不回來我會死掉的。」

那時我的心還沒定下來，懷鄉之情與追求榮華的心有時勝過愛情，可是在這剎那，我沒有絲毫猶豫，馬上抱住愛麗絲。她的頭靠在我肩上，喜極而泣的眼淚撲簌簌地掉在我肩上。

「要拿到幾樓呢？」聲如銅鐘的車夫已站在樓梯上。

愛麗絲把錢交給門外迎接我的她母親，請她犒賞車夫後，拉著我的手急忙進入室內。才第一眼即嚇了我一跳，因為桌上有堆得好高的白棉花、白蕾絲等。

愛麗絲指著它們笑著說：「你覺得我的準備工夫怎樣？」拿起一片棉花一看竟然是尿布。「你知道我有多快樂！生下的孩子會像你一樣有黑色的眸子吧！我生產的那一天希望你在我身邊，不要讓孩子姓別人的姓（按：暗示與她正式結婚）她低下頭。「你要笑我幼稚吧！想到到教堂的日子是多麼令人高興呀！」抬起頭來，眼中滿是淚水。

我想兩三天內大臣旅途的疲憊仍在，不敢拜訪他，便躲在家裡。某日傍晚大臣卻派人叫我前去。到了那裡受到特別的禮遇，大臣慰問我俄國之行的辛勞，接著又說：「願不願隨我回東方？你的學問我不清楚，語言能力已經足夠了；原本我擔心你滯留已久，會不會有一些羈絆？問過相澤得知沒有後我非常放心。」

他的神情不容人拒絕。我心中大叫一聲，相澤的話果然是真的，如果無法抓住這次的機會，那麼我回祖國挽回名譽的途徑也將斷絕，會葬身在這廣闊的歐洲大都市人海之中的念頭，遽然襲上心頭。哎——我意志是多麼不堅決啊！竟然回答：

「遵命！」

我雖然厚臉皮，但回去對愛麗絲如何交待呢？走出飯店時內心的紊亂無法言喻。分不清道路的方向，陷入沉思之中，好幾次被來往的馬車夫怒斥才倉皇躲開。走了一陣子才發現已來到獸苑旁邊了，我頹然坐在路邊的椅上，把燒得火燙、如被鐵鎚敲擊般嗡嗡作響的頭靠在倚背。有如死了般不知過了多久，被劇寒凍醒過來時，已是晚上；大雪紛飛，帽緣、外套的肩上積雪盈寸。

時刻可能已經超過十一時，摩哈比特卡努努街的鐵軌被雪掩蓋，布蘭登堡門旁的瓦斯燈發出寂寞的光輝。我想站起來但腳卻被凍僵了，只好用兩手摩擦雙腳，總算可以走路了！

由於走路不太方便，到庫洛斯提爾時可能半夜已過，也不知是怎麼走到這裡的。一月上旬的晚上，「菩提樹下大街」的酒家、咖啡店，應該正是客人頻繁、熱鬧的時候；但我全記不得了，充塞我腦中的只是「我是個無可赦免的罪人」的念頭。

四層樓的頂樓室內愛麗絲尚未就寢，黑暗的夜空中一星之火看來格外顯眼；被如群飛而下的鷺鷥般的雪花掩蓋，但轉瞬間又露出來，旋即又被掩蓋，有如被風玩弄著。一進入門口就感到疲倦，全身關節疼痛難堪，爬也似地登上樓梯。走過廚房，打開房間的門進入，坐在椅上縫尿片的她回過頭來「啊——」地叫了一聲，「怎麼弄得這一身？」

她吃驚也是當然的。我臉色蒼白如死人，帽子也不知什麼時候弄丟了，頭髮凌亂；在路上不知跌倒幾次，衣服全被帶泥的雪弄髒，還破了好多處。

我想回答卻說不出聲音，膝蓋顫抖得站不起來，只記得想抓住椅子時就倒下去了。

隨後，我接連發高燒，發高燒時盡是囈語，在愛麗絲盡心看護下，幾星期後才恢復了知覺。某日相澤來找我，我隱瞞他的完全漏了底；他向大臣只報告我生病之事，要我好好靜養。我這才看到在病床旁侍候的愛麗絲，對她的樣子感到吃驚。這幾週裡她瘦得厲害，眼睛佈滿紅絲，眼眶凹下，灰色的臉頰下陷。由於有相澤之助，生活上不成問題，可是也是這個恩人在精神上殺死了她。

我後來才知道她遇到相澤時，聽了我和相澤的約定，也弄清楚那天傍晚我對大臣的承諾後，馬上從座位上跳起來臉色如土，大叫「豐太郎這負心漢，竟然騙我到這程度！」就當場暈倒了。相澤喊她母親一起把她扶到床上睡，過了一陣醒來時，愛麗絲變得眼光呆滯不知有他人，只是喊我的名字大罵，抓頭髮、咬棉被；稍微安靜時就找東西，把她母親給的東西全部扔掉，拾起桌上的尿片就蓋在臉上啜泣。

之後沒再鬧事，但精神幾乎完全崩潰了，癡呆如幼兒。醫生說是由於精神過勞突然引起的偏執病，沒有治癒的希望。想把她送到瘋人院時，她卻哭叫著不從。愛麗絲把一塊尿布放在身上，不時拿出來看，看著又啜泣起來，看來已無法清醒了。

我的病已痊癒。不知多少次抱著愛麗絲那行屍走肉之軀流下千行之淚。隨大臣踏上東返之途時，與相澤商量給愛麗絲的母親足以維持清寒日子的金錢，而留在可憐瘋女胎內的孩子也拜託她照顧了。

嗚呼！像相澤謙吉般的良友世上難尋，但是我腦海中至今對他仍有一點點憎恨。

吉川英治

在劍中悟道

一八九二年八月十一日～一九六二年九月七日

寫過宮本武藏的作家，不知幾人？然而，最膾炙人口、評價最高的，仍非吉川英治的《宮本武藏》莫屬；真不知是宮本武藏就造了吉川英治？還是吉川英治寫活了宮本武藏？

吉川英治，本名英次，生於一八九二年八月十一日，距今一又五分之一世紀，談談吉川英治以及現代日本人，尤其是年輕人對吉川英治的看法，我想不無意義吧！

幼年由於父親事業失敗，歷經過極為貧困的生活，當過刻印店的小弟、少年活版工、稅務監督局服務生等。大正十一年（一九二二）入東京每夕新聞社，十四年（一九二五）以筆名吉川英治寫《劍難女難》，獲佳評。在《大阪每日新聞》連載《鳴門秘帖》奠定流行作家的地位，接著發表《神州天馬俠》、《萬花地獄》、《檜山兄弟》、《燃燒的富士》等。昭和十年（一九三五）起，《宮本武藏》在《朝日新聞》連載，開拓了日本大衆文學的新領域。戰後，發表《高山右近》、《新．平家物語》、《私本太平記》等。一九六〇年獲文化勳章，六二年辭世。有《吉川英治全集》五十三卷。

綜觀吉川一生的文藝創作，可大分成三個時期。第一是以昭和初年的《鳴門秘帖》為代表的，以「有趣」為主的傳奇小說時代。第二是《宮本武藏》，大大地修正了以往大衆小說的概念。第三是以《新．平家物語》及《私本太平記》為代表，描繪時代潮流。

日本曾對理工科學生做過調查，問：有何作品深入人心？意外的，許多答案都是吉川的《宮本武藏》。

《宮本武藏》寫的是：十七歲的新免武藏，幼有大志，希望將來成為擁有自己領地的大名（藩主），與少時朋友本位田又八離開故鄉宮本村，參加關原之戰；失敗，為阿甲母女所救，又八與阿甲逃往他處。又八在故鄉尚有未婚妻阿通，武藏回宮本村欲將又八事告知阿通，不意被捕，幸得沢庵和尚救助，隱於姬路城讀書三年。後改名宮本武藏，遍歷各地，阿通喜歡上武藏。武藏於京都的吉岡道場、奈良的寶藏院接連打敗強敵；但是，遇柳生石舟齋始知自己之不足，於是埋首練劍，以劍為道完成自我。在嚴流島殺死佐佐木小次郎……。

為何《宮本武藏》能吸引年輕學子的心呢？東京農工大教授秋山駿指出：這與背後從平家物語（約十三世紀）到江戶時期的俳句，培養出來的日本式心性的脈動有關。日本式心性，或者可以「風韻」來稱呼，「風韻」是自然的雅以及人的氣質。《宮本武藏》是以此兩種為背景，而延展出揉合了友情、政治、反抗、求道的物語；這種物語是戰後純文學欠缺的。或許，年輕人是以吉川文學止這種「渴」，日本象棋名人升田幸三說：「作者（指吉川）了解劍道吧！了解勝負的真正心理到這般程度的作家是了不起的。我是職業棋士，從經驗中了解勝負的氣魄、心理的變化，而（吉川）竟能描寫得如此明確。真是了不起的作家！」

劍，真正的勝負，勝負的氣魄，或許是日本人精神的財富；而吉川透過宮本武藏——從劍中悟道、完成自我——的塑造，將日本人自古以來的財富予以現代化！

江戶川亂步

一八九四年十月二十一日～一九六五年七月二十八日

江戶川亂步誕生百年紀念

松本清張開創社會派推理小說，寫下推理小說的新紀元，留下不可磨滅的功績；然而，如果沒有本格派的江戶川亂步，可能也產生不了松本清張！

亂步，本名平井太郎，生於明治二十七年（一八九四年），一九一二年入早稻田預科，為籌學費，拚命打工，很少上課，自稱是早大圖書館畢業。畢業後有一段期間，工作不安定，常面臨失業的威脅，因此投射到初期短篇作品，如〈二錢銅幣〉、〈二廢人〉、〈D斜坂殺人事件〉、〈心理試驗〉等即出現陰沉沉的夕幕氣氛。處女作〈二錢銅幣〉的第一句——「那個小偷，真讓人羨慕！」——的背後，其實隱藏著亂步當時現實生活的窘狀；沒工作，連小偷的「工作」也羨慕起來。

短篇作品系列中，亂步喜用一人扮演兩個角色和暗號。中島河太郎指出步亂在作品中喜歡以一人扮演兩個角色是來自他本身的雙重人格。所謂亂步的雙重人格，指的是亂步從早期的「純」藝術家，轉向現實妥協、取悅大衆的路線而言。

一九二六年亂步在創作上遇到瓶頸，一方面對自己的作品感到羞恥，討厭自己，也討厭他人；另一方面他體察到日本的讀者，比起「本格偵探小說」，其實更喜歡的是怪奇、幻想的小說。從《孤島之鬼》、《蜘蛛男》，到《獵奇之終極》，亂步「馳騁」於長篇通俗的路上，借用他自己的話是「半自暴自棄」。就藝術觀點而言，這類長篇通俗作品的評價並不高，然而，亂步的名氣卻是靠這些作品打響的。

亂步作品中喜用「trick」（詭計、圈套），常把衆人皆知的圈套，顛倒使用；而在解開一種顛覆性圈套時，往往它本身又是另一個圈套，常出人意料之外。

整體而言，亂步排斥、逃避冷酷的現實，構築自我的夢之王國；可惜，他的夢之王國是建構在日常空間的人工之夢；缺少改進社會的理想與對現狀的批判精神；也因此，才有「社會派」的產生！

晚年，組織偵探作家俱樂部，捐款設立江戶川亂步獎，任日本推理作家協會第一任理事長……等，對日本推理小說的發展，貢獻極大。

為迎接亂步的百年紀念，講談社於一九九四年九月二十日出版《亂步》（上、下）。編者新保博久、山前讓，收錄亂步的短篇作品，依發表順序排列。另外，還收錄了同時代及後人對各篇作品的評論。例如下卷收錄了橋本治、澁澤龍彥、夢野久作、松本清張、吉行淳之介、山田風太郎等人的文章。

另外，河出書房新社從同年十一月起推出〈江戶川亂步コレクション〉（コレクション，即Collection）係文庫本，約三五〇頁，編者與《亂步》同。內容方面有：亂步自撰的傳記、海外的作家論、作品論、日本的偵探小說、隨筆……等。

仙台的詩人與作家

東北第一大城仙台，
不僅擁有伊達政宗豪氣干雲、欲奪天下的輝煌歷史，
也以它豐富的文學土壤，培育一代又一代的詩人、小説家。
高山樗牛、土井晚翠、島崎藤村、真山青果……等赫赫大家，
都在仙台留下他們珍貴的文學足跡。

慶長元年（一六〇一年），獨眼龍伊達政宗於仙台築青葉城，仙台藩因此誕生了。當時政宗領有六十二萬石的領地，於諸藩中居重要地位；而今，當時僅五萬五千人口的仙台已是百萬人口，躍居東北第一大都市。

青葉城面向廣瀬川，溪水清澈見底，春秋氣候溫和，學生、市民常到這兒野餐、郊遊；背有青葉山，以當時築城條件而言極佳。現在的青葉城跡大部分屬東北大學及仙台博物館，筆者前舊地重遊，始知圖書館擴建時挖出舊時青葉城的陶甕器多件，如今已另設陳列室展示，供人觀賞。我佇立玻璃窗前，ＮＨＫ「獨眼龍伊達政宗」連續劇的一幕幕不禁浮上眼前，彷彿又看到了伊達政宗年輕時豪氣干雲、欲奪天下的雄姿！

高山樗牛（一八七一年二月二十八日～一九〇二年十二月二十四日）：

「滝口入道」哀艷淒絕的美感

或許是因地靈而人傑，與仙台有關的詩人、小說家有高山樗牛、土井晚醉、島崎藤村、真山青果等。

高山樗牛（一八七一——一九〇二年），係東大哲學系畢業的評論家，高中時唸仙台二高，在這裡度過了青春時期，後來還回到二高教過一年書。明治二十七年，以歷史小說「滝口入道」入選為「讀賣新聞」徵文第二名。「滝口入道」取材自樗牛愛讀的「平家物語」（註：鎌倉時代的軍紀物語，描述平氏一家由興起而至滅亡的經過），故事的梗概是：在平氏全盛時期，齊藤時賴受平重盛的信任，被命為滝口武士（註：負責宮中警衛的武士）。

時賴在賞櫻宴會中，被中宮的橫笛女官優雅美妙舞姿所迷，暗戀苦思而不得，於是出家「入道」。後來橫笛被時賴的情詩感動來看他，但時賴認為既已入空門，不能再惹塵世情愛，於是拒絕了橫笛，沒想到橫笛竟然因失戀而病死了。不久，平氏沒落，平重盛之子維盛逃亡到時賴住處，時賴曉以武人之道，維盛因此跳水自殺，時賴知道後也切腹殉死。整部作品中飄盪著哀艷而感傷的美，不知迷倒多少青年男女。

土井晚翠（一八七一年十二月五日～一九五二年十月十九日）：

「荒城之月」徒留身後寂寞名

仙台市北部，台之原天神山有一棵大松樹，稱為「愣牛瞑想之松」，樹下豎有土井晚翠的歌碑。談到土井晚翠，知道的人或許不多，不過要是提起「荒城之月」這首歌，相信知道的人就多了。這首歌由瀧廉太郎作曲，作詞者即土井晚翠。

晚翠（一八七一——一九五二年），生於仙台北鍛冶町，姓土井本唸「つちい」（tutii），昭和七年（一九三二年）依長女照子的建議，改唸「どい」（Doi），而筆名晚翠則出自我國宋朝詩人范質的詩句。

晚翠幼時嗜讀「十八史略」、「南總里見八犬傳」及其他和漢書籍，對當時的自由民權思想也有相當大的興趣。明治二十一年入第二高等中學，二十七年入東大英文系，在學中曾當過「帝國文學」的編輯，以學院派詩人活躍於文壇，因「天地有情」詩集而詩名大盛，與島崎藤村並稱。

詩集另有「曉鐘」（一九〇一年）、「東海遊子吟」（一九〇六年）等；詩中漢語相當多，在漢文調中飄散著一抹淡淡的哀愁，與藤村「若菜集」的和文調形成明顯對比。一九四七年，被推選為藝術院會員。一九五〇年獲頒文化勳章，係詩人中第一位獲此殊榮者。

沿著仙台車站前的「青葉通」步行，約十五至二十分鐘左右，有「晚翠草堂」公車站，係一九四九年晚翠學生及有心人士斥資興建捐贈給晚翠的。這裡是他出生的地方，不過舊宅於一九四五年在美軍轟炸下，與數萬冊圖書均付之一炬。

我趁回母校東北大之便，再次造訪晚翠草堂。入口處擺有晚年的晚翠石膏像一座。住在草堂內的老太婆，親切為我解說晚翠先生留下的手跡、照片等，還要我在訪客簽名簿上簽名；然後，又拿出有關晚翠的詩碑書一冊及顯彰會編的「土井晚翠——榮光與其生涯」。看來，老太婆似乎是靠販賣這些書維生的。

從簽名簿上看，來訪的人並不多，事實上，晚翠生前雖然有過與藤村並稱的日子，不過藤村死後文名直線上升，而晚翠卻由於詩中夾雜太多漢語，年輕的日本人已不易了解；再者，漢語或漢文調終究是外來的東西，又如何能長久引起讀者的共鳴呢？在落日餘暉中，向看守晚翠草堂的老太婆道別，步下玄關，走在出青葉通的細徑上，耳中彷彿聽到「荒城之月」：

春日高樓櫻花宴
觥斛交錯月影移
千代之松枝葉伸
昔時榮光今何在

…………

這首歌不也道出晚翠昔時的榮光與今日的沒落？晚翠生前是否也曾料到自己會有「寂寞身後名」的一天呢？

島崎藤村（一八七二年三月二十五日～一九四三年八月二十二日）：

「若菜集」揭開近代詩序幕

島崎藤村（一八七二——一九四三年），本名春樹，以詩人而言，是奠定日本近代詩者；以小說家而言，大大地拓展了日本近代小說的領域。「破戒」是真正的自然主義小說的代表作；「家」是自然主義巔峰之作；「新生」是典型的告白小說；而「黎明前」，則是歷史小說的龜鑑。

明治二十五年，藤村任明治女學校高等科教員，與學生佐藤輔子戀愛，後來因家庭緣故與深深的自責，最後辭去教職並脫離教會。明治二十九年，藤村二十五歲，赴仙台任東北學院作文老師，雖然旅居仙台不到一年時光，但是素有日本近代詩黎明之稱的藤村第一本詩集「若菜集」，大部分就是在這裡完成的。「若菜集」共收詩五十篇，以七五調的定型詩占大部分，皆先發表於「文學界」。依性質可分為四大類：有以女性為主題的戀愛詩；有「暗香」、「蓮花舟」等的唱和詩；有「秋風之歌」等的敘景詩；有「草枕」、「天馬」等的半敘事詩。「若菜集」之前的新體詩，率皆單純樸素，缺少情趣；「若菜集」富抒情趣味，旋律優美，象徵著時代的青春及作者的青春，是浪漫且內容豐富的詩集。

此外，藤村的「椰子之實」早已譜成曲，也是愛好歌唱者所熟悉的。

眞山青果（一八七八年九月一日～一九四八年三月二十五日）：

捕捉東北農民的面像

真山青果（一八七八——一九四八年），別號亭亭生，生於仙台市。二高醫科中退，師事佐藤紅綠、小栗風葉，以冷靜、理智的眼光捕捉東北農民的生活樣式寫成「南小泉村」（一九〇七——一〇九年）受到矚目，奠定身為自然主義作家的地位。該地現已成為仙台市南小泉的住宅地，昔日模樣已無法捕捉了。真果後來因發生一稿兩賣事件而退出文壇。

松尾芭蕉（一六四四年～一六九四年十一月二十八日）：
「奧之細道」與仙台結緣

時間如果倒流，返回江戶時代，日本的俳聖松尾芭蕉曾有紀行文「奧之細道」，寫他從東京步行到東北地方的沿途風光及感想。芭蕉到仙台時是五月四日。在仙台車站東南方向約二公里處，有一名為國分寺町木之下的地方，古時候「宮城野」指的就是這一帶。這兒有一寺名為藥師堂，係伊達政宗於慶長十二年（一六〇七年）重建者，寺內豎有芭蕉的俳句碑。

魯迅（一八八一年九月二十五日～一九三六年十月十九日）：

中國新文學第一人

從仙台車站搭往青葉城址的公車，在約十分鐘行程處有一站是仙台博物館。館旁豎有魯迅碑，正面刻的「魯迅之碑」係郭沫若所題。碑文是：「中國的文豪魯迅從一九〇四年秋到一九〇六年春旅居仙台，在東北大學醫學部前身的仙台醫學專門學校留學。但是，心痛故國的危機，深知挽救民族的靈魂是當務之急，於是立志於文學。仙台係帶來轉機之地。為了紀念寫下許多代表著中國新文學黎明作品、評論的魯迅，年輕時候的留學事蹟，由敬慕魯迅的人士手豎此碑，期望偉大的面貌傳諸永遠。」

魯迅在仙台醫專時，藤野嚴九郎教授特別批改他每週的解剖學筆記。魯迅離開仙台前夕，教授還送了一幀照片給魯迅當紀念，背面寫著「惜別」兩字。後來魯迅感念藤野教授，寫了一篇「藤野先生」；這種超越國界的師生感情佳話，傳為美談，傳誦千古！太宰治後來也以仙台時代的魯迅寫了中篇小說「惜別」。

支倉常長（一五七一年～一六二二年）：
「武士」的悲劇原型

仙台博物館內收藏了有關伊達家約八千種的資料，以及支倉六右衛門常長從羅馬帶回來的東西。現在在東北大學文學院側邊，也就是青葉城址旁，有支倉常長的像。

支倉常長係仙台藩士，於慶長十八年（一六一三年）奉伊達政宗之命，為拓展貿易從百卷市月之浦啓航，向歐洲出發，到達羅馬；於元和六年（一六二〇年）返日。後來狐狸庵山人遠藤周作即以支倉常長為模特兒寫成「武士」（侍），作品中改名為長谷倉六右衛門，與三個同事為締結通商條約遠赴墨西哥，當他們嚮導的是司祭貝拉斯可。可是，司祭真正的心意只想傳教佈道，為自己爭取到更大的權力。當時，墨西哥係西班牙的殖民地，無法單獨與日本締結通商條約，於是一行人又橫渡大西洋前往西班牙。貝拉斯可力勸他們三人受洗，三人為了達成主子交付的任務，在馬德里領洗。然而，就在這時，德川幕府對教徒展開鎮壓手段，西方國家前往日本通商、傳教的道路被阻絕。武士們經過七年的艱苦之旅，忍辱負重以為完成了使命，哪知回到日本，才發現等著他們的不是獎賞而是「死刑」——違背幕府的禁教令！

作者簡歷

林水福

一九五三年生，台灣雲林人。

日本國立東北大學文學博士。曾任台北駐日經濟文化代表處台北文化中心首任主任、輔仁大學外語學院院長、日本國立東北大學客座研究員、日本梅光女學院大學副教授、中國青年寫作協會理事長、日語教育學會理事長、台灣文學協會理事長、高雄第一科技大學副校長、外語學院院長等職。現任南臺科技大學教授、台灣石川啄木學會會長、台灣芥川龍之介學會會長。

著有《讚岐典侍日記之研究》（日文）、《現代日本文學掃描》、《他山之石》、《日本文學導遊》（聯合文學）、《源氏物語的女性》（三民書局）《中外文學交流》（合著、中山學術文化基金會）、《源氏物語是什麼》（合著）、《日本不能直譯》（木馬文化）。

譯有遠藤周作《母親》、《我拋棄了的女人》、《海與毒藥》、《醜聞》、《武士》、《沉默》、《深河》、《深河創作日記》、《對我而言神是什麼》、《遠藤周作怪奇小說集》、《遠藤周作幽默小說集》；新渡戶稻造《武士道》、谷崎潤一郎《細雪》、《痴人之愛》、《夢浮橋》、《少將滋幹之母》、《瘋癲老人日記》、《萬字》、《鑰匙》。井上靖《蒼狼》。大江健三郎《飼育》（合譯）。辻原登的《飛翔的麒麟》、《家族寫真》。

與是永駿教授、三木直大教授編多本詩集；評論、散文、專欄散見各大報刊、雜誌。

國家圖書館出版品預行編目資料

現代日本文學掃描 / 林水福著. -- 修訂一版.
-- 臺北市 : 鴻儒堂, 2018.02
面 ; 公分

ISBN 978-986-6230-34-9(平裝)

1.日本文學

861.37　　107000121

現代日本文學掃描　修訂版

二〇一八年（民一〇七年）二月修訂版一刷
本出版社經行政院新聞局核准登記
登記證字號　局版臺業字一二九二號

著　　者　林水福

發 行 所　鴻儒堂出版社
發 行 人　黃成業
地　　址　台北市博愛路九號五樓之一
電　　話　02-2311-3823
傳　　真　02-2361-2334
郵政劃撥　01553001
E-mail　hjt903@ms25.hinet.net
電腦排版　先鋒打字印刷有限公司
定　　價　三〇〇元

鴻儒堂出版社設有網頁，歡迎多加利用
網址：http://www.hjtbook.com.tw